Ich und Du – Gut oder Böse?

Brigitte Welters

Ich und Du – Gut oder Böse?

Bibliografische Information der Deutschen Nationalbibliothek:
Die Deutsche Nationalbibliothek verzeichnet diese Publikation in der
Deutschen Nationalbibliografie; detaillierte bibliografische Daten sind
im Internet über http://dnb.dnb.de abrufbar.

Verlag: BoD • Books on Demand GmbH, In de Tarpen 42, 22848 Norderstedt
Druck: Libri Plureos GmbH, Friedensallee 273, 22763 Hamburg

ISBN: 978-3-7597-8779-8

Ich und du – du oder ich –
gut oder böse? Böse und gut.

    Unser Herz umfasst beides.

    Es sollte sich für die Liebe entscheiden.

INHALT

DAS ICH

Der Mensch wird geboren als Egoist,
weil er sonst nicht lebensfähig ist.
Hilflos ist er lange Zeit.
Doch eines Tages ist er bereit.

Er kann für sich selber sorgen
und denkt er nur noch an morgen.
Das Gestern hat er indessen,
ganz und gar vergessen.

Er gibt nichts an andere zurück.
Wichtig ist ihm sein eigenes Glück.
Ihm fehlt der Bezug zur Realität,
in der es ohne die andern nicht geht.

Es ist niemals gut für das Ich,
denkt es immer nur an sich.
Niemand ist wichtiger als die andern,
mit denen wir gemeinsam wandern.

Als der Mensch sein Du erkannte,
er erfreut spontan es nannte:
„Du bist mein Fleisch und Bein."
Doch ein Du will er nicht sein.

ICH HAB'S GESCHAFFT

Zufrieden lehnte er sich zurück. Geschafft. Heute war sein letzter Arbeitstag. Morgen würde das wahre Leben beginnen, und er würde es in vollen Zügen genießen. Für eine Familie hatte er sich nie Zeit genommen. Sie hätte ihn nur belastet. Er hatte sich ja selbst nichts gegönnt, immer nur an sein Ziel gedacht. Jetzt konnte er seinen erwirtschafteten Reichtum endlich für alles ausgeben, was Spaß machte. Es würde für noch sehr viele schöne Jahre reichen.

Kurz ließ er die Vergangenheit vorüberziehen. Seine Kindheit war von Armut überschattet gewesen. In der Schule ließ man ihn von Anfang an spüren, dass er nicht dazugehörte. Er war nicht so gut gekleidet, hatte kein Pausenbrot dabei und konnte sich nicht leisten, womit die anderen prahlten. Er wurde verspottet und von allem ausgeschlossen. Mobbing ist keine neue Erfindung. Es gab immer den Unterschied zwischen denen da oben und denen da unten, die man verachtet.

Er hatte eine schnelle Auffassungsgabe und der unbegründete Hass der andern fand in seinem Herzen fruchtbaren Boden. Er würde es ihnen zeigen, aber nicht gewaltsam, wie er es von der Straße kannte. Es musste nachhaltig und sauber sein. Durch echte eigene Leistungen musste er seine Überlegenheit beweisen. Alle sollten ehrfurchtsvoll zu ihm aufsehen. Also strengte er sich bei allem, was er tat, besonders an.

In der Schule wurde er zum Streber. Das brachte ihm gute Noten, aber keine freundliche Zuwendung. Man wusste nicht recht, was man von ihm halten sollte. Seine guten Klassenarbeiten konnten Zufallstreffer sein, oder vielleicht hatte er einen noch unbekannten Täuschungstrick gefunden. Auf Grund seiner Herkunft war er auf jeden Fall nicht für eine höhere Bildung geeignet.

Im Zeugnis stand das natürlich nicht. Bis heute wird aber leider immer noch so entschieden. Was sonst spricht gegen die Einführung einer Einheitsschule, in der alle Kinder unabhängig von der Herkunft entsprechend ihrer Fähigkeiten gefördert werden? Das

Ziel kann natürlich kein Einheitsabschluss sein, aber leistungsbezogen.

Der Streber sah es damals gelassen. Er wollte so schnell wie möglich Geld verdienen, ohne sich die Hände schmutzig zu machen. Seine guten Zensuren und sein Verhalten verhalfen ihm zu einer Kaufmannslehre mit Aufstiegschancen. Sobald sich ihm eine Möglichkeit bot, zog er zu Hause aus, um die Vergangenheit hinter sich zu lassen. Unabhängig und frei wollte er für seine Zukunft arbeiten.

Es gab einzelne Vorgesetzte, die ihm wohlwollend halfen, die Karriereleiter zu erklimmen, doch er dankte niemandem. Er hatte sein Ziel vor Augen und beurteilte die Menschen danach, ob sie ihm nutzen konnten oder nicht. Das war manchmal eine Gratwanderung, zumal es unzählige Gesetze gibt, die die freie Entfaltung einschränken. Nicht immer hielt er sich an alle Vorschriften. Manchmal sah er eine Möglichkeit, sie zu umgehen. Ernsthafte Konflikte mit Behörden und Gerichten vermied er allerdings. Er wollte eine anerkannte Persönlichkeit mit weißer Weste werden, besser als die Reichen damals, die er als Kind gehasst hatte.

Für dieses hohe Ziel hatte er gearbeitet, weder sich noch andern etwas geschenkt. Er war reich geworden, in der Gesellschaft anerkannt und konnte endlich das Leben genießen. Er hatte es aus eigener Kraft geschafft, wie er meinte. Zufrieden legte er sich zur Ruhe.

Doch er hatte seine Rechnung ohne Gott gemacht. Sein Reichtum war für ihn nutzlos. All seine Mühe vergebens. Auf dieser Erde erwachte er nicht mehr, auch ganz bestimmt nicht im Himmel. Wer war sein Du?

WER IST MEIN DU?

Ich will gut sein. Das ist schwer.
Schnell kommt das Böse daher.
Ich will es nicht. Was sagst du?
Die Liebe rechnet das Böse nicht zu?

Es heißt, meinen Nächsten soll ich
genauso lieben wie mich.
Mein Gebet geht himmelwärts.
Gott, schenke mir ein reines Herz.

Doch wer ist mein Nächster, mein Du?
Wie wende ich mich ihm zu?
Ein Schriftgelehrter hat es gewagt
und Jesus nach dem Nächsten gefragt.

Der hat ihm eine Geschichte erzählt
vom Raubüberfall, zeitlos ausgewählt.
Der Überfallene war schwer verletzt.
Wer hilft dem völlig Hilflosen jetzt?

Es kamen ein Priester und ein Levit.
Beide es nicht zum Verletzten zieht.
Sie gehen vorüber. Die Zeit verstreicht.
Ein Ausländer den Ort erreicht.

Hoffentlich kommt er nicht zu spät.
Stört ihn vielleicht die Nationalität?
Er kümmert sich um den verletzten Mann
und hebt ihn auf seinen Esel dann.

Er bringt ihn zur Pflege in ein Haus
und bezahlt die Behandlung im Voraus.
Außerdem er dem Wirt verspricht:
„Wenn es mehr kostet, fürchte dich nicht.

Versorge ihn gut, wie sich's machen lässt.
Ich komme zurück und zahle den Rest."
Jesus fragte: „Weißt du es jetzt?"
„Wer dem half, der schwer verletzt."

Das war seine Antwort, ist sie gut?
„Handle genauso. Hab den Mut."
Jesus nickt ihm freundlich zu.
„Denke daran. Jeder ist dein Du."

DER MENSCH

Ich bin ist der Name Gottes. Er ist, war und wird ewig unveränderlich sein, ohne Anfang und ohne Ende. Er schuf Mann und Frau als sein Du. Egal, welchem Geschlecht sich der Mensch zugehörig fühlt, er ist nur wenig niedriger als Gott. Als Abgrenzung von allen anderen Lebewesen gab Gott den Menschen durch seinen Geist eine unantastbare Würde, Verstand, eine weitgehende Entscheidungsfreiheit und die Verantwortung für die Entwicklung und Bewahrung der ganzen Welt. Blindes Vertrauen erwartet Gott nur für sich selbst. Unter Menschen ist Vorsicht geboten. Doch wer mit Gott lebt, muss sich nicht fürchten.

Der Zweifel am Wort Gottes und die daraus folgende Überschätzung der eigenen Fähigkeiten führt zu Missbrauch der Freiheit und damit zur Unfreiheit, zur Abhängigkeit von irgendwem oder irgendwas. So unterschiedlich sie alle sind, eins haben sie gemeinsam: Sie verwechseln Freiheit mit Egoismus.

Das Du ist ihnen nicht wichtig. Sie fühlen sich Gott gleich, sind es aber nicht.

Adam aß bedenkenlos die Frucht, die Eva ihm anbot. Später gab er ihr die Verantwortung für seinen Fehler und Gott die Schuld. Folge war die Trennung von Himmel und Erde, Mensch und Gott. Der Paradiesgarten wurde verschlossen und von Cherubim bewacht.

Die Trennung der sichtbaren von der unsichtbaren Welt hat der Mensch verursacht und kann sie nicht rückgängig machen. Das kann allein Gott. Er hat es getan durch sein Wort, das fleischgewordene Ich bin. Keiner kann gerecht werden aus eigener Kraft, doch er wird es durch den Glauben an Jesus Christus. Sein Blut deckt jede Schuld bei dem, der sich ganz in die Liebe Gottes hineinwagt und sie für sich annimmt.

Das Böse ist nicht durch Eva in die Welt gekommen, wie gern behauptet wird, sondern durch Adam. Der Apostel Paulus erklärte den Römern, weil der Mann Adam schuldhaft die Trennung von Gott verursachte, konnte nur ein sündloser Mann, nämlich Jesus, die Gerechtigkeit zurückbringen. Jesus wurde von der Jungfrau Maria geboren, um als Gottes Sohn für seine Aufgabe befähigt zu sein. Mit einem menschlichen Vater wäre er nicht sündlos gewesen. Er lebte als Jude, um das Gesetz zu erfüllen, kam aber für die ganze Welt. Alle Menschen sind eingeladen, Gottes Kinder und Hausgenossen zu sein. Jeder Mensch muss sich jedoch vor Gottes Gericht verantworten und wird der Strafe nicht entgehen. Es sei denn, er kann sich auf die Gerechtigkeit Jesu berufen.

Unrecht entwickelt sich wie Unkraut. Schnell sagt man ungewollt etwas, was nicht der vollen Wahrheit entspricht. Es fehlt das Hintergrundwissen. Niemand hat deshalb das Recht, seinen Nächsten zu verurteilen. Es liegt sogar im Interesse des eigenen Wohlergehens, den andern als Du anzunehmen, sich für ihn zu interessieren, ihm zuzuhören, für ihn da zu sein, für sein Recht einzutreten, wenn man es kann.

Als Gott die Menschen schuf, sagte er, es sei nicht gut, wenn einer allein bleibe. Das bezog sich nicht nur auf die Ehe. Du und ich sollten zum Wir verschmelzen und zur großen Familie der Kinder Gottes werden. Der Zusatz beide würden ein Fleisch sein, meinte die eheliche Treue in einer Partnerschaft auf Lebenszeit.

Der Mann strebte jedoch die absolute Macht an, nicht nur in der eigenen Familie. Er war gegen jede Gleichberechtigung, und das bedeutet Abgrenzung. Das Gegeneinander aller gegen alle breitete sich aus. Sexismus, Rassismus, Antisemitismus, Extremismus jeder Art. Alle Diskriminierungen verhindern friedliches Zusammenleben. Verstärkt wird der Hass in digitalen Medien.

Die Einsetzung der Ehe machte die Frau nicht weniger wertvoll als den Mann. Die Fortpflanzung ist eine göttliche Aufgabe wie viele andere. Gegen eine Ehe können viele unterschiedliche Gründe sprechen, persönliche oder praktische Erwägungen sowohl für Frauen als auch für Männer. Jesus blieb wegen seines göttlichen Auftrags unverheiratet und erklärte seinen Jüngern, dass jeder für sich entscheiden müsse. Nicht alle seien für eine Ehe geeignet oder sie würden von Menschen gehindert. Was Gott jedoch zusammengeführt habe, solle der Mensch nicht scheiden.

Auch der Apostel Paulus betonte in seinen Briefen die Freiheit des Einzelnen, warnte jedoch ausdrücklich vor sexueller Ausschweifung und Missbrauch der Freiheit. Eine Ehescheidung ließ er für den Fall zu, dass einer der Partner gegen den Willen des Andern Christ wurde. Besser sei es aber auch in diesem Falle, es weiter miteinander zu versuchen. Paulus war ledig, weil er glaubte, eine Ehe werde ihn an seiner Missionstätigkeit hindern. Ehelosigkeit als Zeichen für Reinheit vor Gott, erklärte er zur Lüge und warnte vor derartigen Irrlehren. Er stellte allerdings die Selbstbeherrschung neben die Liebe und die Freude.

Heute ist nicht nur die Ehe, sondern die Sexualität mehr denn je ein Thema. Sie ist ein Machtmittel, insbesondere zur Erniedrigung der Frau. Das Gegenteil wird behauptet, wenn von reproduktiver Selbstbestimmung die Rede ist. Die Ei-Spende soll mit Hilfe einer Leihmutter zwei Männer in einer Homoehe zu Eltern machen. Die natürliche Ungleichheit zwischen Männern und Frauen (zeugen und gebären) soll im Namen der Gleichberechtigung aufgehoben werden. Sowohl für die Eispenderin als auch für die Leihmutter ist es nicht risikolos. Keine macht es wirklich freiwillig, also selbstbestimmt. Wie das Kind später mit der unbekannten Abstammung zurechtkommt, fragt ohnehin niemand, von Gottes Liebesgebot ganz zu schweigen.

Samenspenden eines Mannes sind unbegrenzt und problemlos möglich. Seit Jahren dienen sie dazu, kinderlosen Paaren ihren Wunsch zu erfüllen. Inzwischen gibt es Vereine und Möglichkeiten im Internet, den inzwischen erwachsenen Kindern zu helfen, etwas über ihren Erzeuger und die vermutlich in großer Zahl vorhandenen Halbgeschwister zu erfahren. Den meisten Männern ist überhaupt nicht bewusst, was ihre anonymen Samenspenden für Folgen haben, auch den Eltern nicht, die davon Gebrauch machten. Besser wäre es, wenn diese Paare sich zur Adoption eines Kindes entschlossen hätten, um eine Abtreibung zu verhindern.

Natürlich sind Frauen keine besseren Menschen. Sie können genauso machtbesessen und grausam sein wie Männer. Unterdrückung machte auch die versklavten Völker nach ihrer Befreiung nicht zu Friedensbringern. Es siegt immer noch die Gewalt des

Stärkeren, doch sie bringt kein friedliches Miteinander.

Da die meisten Erfindungen der Macht der Herrscher nützlich waren, gab es immer eine Förderung der Klügsten und Besten. Im Laufe der Zeit hat die Menschheit Erstaunliches geschaffen. Das Leben verläuft heute völlig anders als vor hundert oder gar tausend Jahren. Doch allmählich nähern wir uns dem Punkt, dass wir die geweckten Geister nicht mehr beherrschen.

Die Wirtschaftsdynamik treibt die Welt ins Verderben. Der Schutz der Werte bleibt unbeachtet. Es wird zwar viel von Nachhaltigkeit geredet, doch ihr steht das Profitstreben entgegen. Ein dauerndes Wachstum ist bei begrenzten Ressourcen nicht möglich. Ernsthafte Überlegungen zu Änderungen werden wegen der Kosten schnell verworfen. Es ist alles schon teuer genug und die Preise werden ohnehin weiter steigen. Politiker denken in erster Linie in Wahlperioden, was Investitionen in die Zukunft erschwert. Sie haben keinen kurzfristigen Erfolg. Ein positives Ergebnis in der Zukunft könnte einer anderen Partei zugerechnet werden.

Der Mensch ist des Menschen Feind geworden. Die Menschlichkeit ging weitgehend verloren. Die sogenannte öffentliche Meinung ist digital gesteuert. Insbesondere bei Personen im öffentlichen Leben ist sie unerbittlich. Die Arbeits- und Lebensbedingungen gehen an die Grenzen der Gesundheit. Der Mensch soll funktionieren wie eine Maschine. Er braucht aber Pausen, muss abschalten können. Ein Zusammenbruch des Einzelnen gilt als unverzeihliche Schwäche. In lebenswichtigen Berufen nimmt der Personalmangel wegen dieser Überforderung zu. Eine ordentliche Versorgung und Pflege kranker, alter und hilfsbedürftiger Menschen wird nicht mehr lange möglich sein, auch nicht mit dem Einsatz von Robotern.

Maschinen haben keine eigene Intelligenz. Sie machen, was der Mensch auf sie überträgt, was fehlerhaft sein kann. Es muss überwacht werden. Doch die Kontrolle über die digitale Welt entgleitet sogar Fachleuten. Durch automatische Vervielfältigung haben Hassparolen stark zugenommen. Gewaltandrohungen gegen Frauen, Minderheiten und Personen des öffentlichen Lebens führen zu Gewalttaten im echten Leben durch aufgehetzte Personen. Besonders unverständlich sind Angriffe auf Rettungskräfte und Ärzte. Dadurch wird nicht nur diesen geschadet, sondern unbedingt benötigte Soforthilfe verhindert. Kann diese Entwicklung der Missachtung jeder Menschlichkeit noch aufgehalten werden?

Schon Kinder weichen aus in die digitalen Welten. Dadurch wird die Vereinsamung gefördert. Es ist inzwischen bekannt, dass Einsamkeit nicht nur im Alter krank machen kann. Psychische Erkrankungen von Kindern und Jugendlichen nehmen zu, die Behandlungsmöglichkeiten nicht. Hektische Betriebsamkeit und Förderung der Spaßgesellschaft sind kein Gegenmittel.

Zudem ist abzusehen, dass bald niemand mehr bereit ist, irgendetwas zu lernen. Man kann ja abrufen, was man wissen muss. Dafür gibt es die „künstliche Intelligenz". Einen Grund, selbst zu denken und zu lernen, sehen sie nicht mehr.

Doch trotz aller Sicherheitsvorkehrungen gibt es Missbrauch durch Kriminelle. Fake News, Bilder und Videos wirken so echt, dass selbst Fachleute eine

Fälschung nicht sofort erkennen. Absolute Sicherheit wird es nie geben. Ein fehlerhaftes Software-Update eines Sicherheits-Systems verursachte kürzlich weltweit Computer-Ausfälle mit schweren Folgen in wichtigen Unternehmen, auch auf Flughäfen, in Krankenhäusern und ähnlichen Einrichtungen.

Die Autoren der Bibel kannten Social-Media-Kanäle und deren Möglichkeiten noch nicht. Doch schon sie warnten vor „Fake Fakts", damals Irrlehren genannt. Sie verwiesen auf den Verstand, den man braucht, die Geister zu prüfen. Wir sollten ihn nicht leichtfertig einschläfern lassen.

Zur Zeit der Verfolgung der ersten Christen hatte der Apostel Johannes eine Vision über den weiteren Verlauf des Lebens in dieser Welt und danach. Er sah schreckliche Dinge, und da er noch nichts von den Erfindungen unserer Zeit wusste, konnte er sie nicht richtig beschreiben. Er sah z. B. ein sprechendes Bild, das Anbetung für sich forderte. Die hebräischen Buchstaben www deutete er als 666, einer menschlichen Zahl, über deren Bedeutung man nachdenken solle. Niemand würde mehr ohne das Zeichen des Tiers etwas kaufen können. In unserer Zeit sind sprechende Bilder nichts Ungewöhnliches und bei Einkäufen soll Bargeld bald ganz durch digitale Währung ersetzt werden. www ist allgegenwärtig.

Die Visionen und der Auftrag, alles aufzuschreiben und zu veröffentlichen, war als Trostbotschaft für die verfolgten Christen gedacht. Sie würden zwar zu allen Zeiten Schlimmes erleiden müssen, doch wer dem Glauben an Jesus Christus bis zum Tod treu bleibt, wird die Ewigkeit in der Herrlichkeit Gottes verbringen. Der wahre Mensch kehrt als Kind Gottes an den sehr guten Anfang zurück. Diese Botschaft gilt bis heute.

WER DU AUCH BIST

Egal, wie du aussiehst, wer du auch bist,
wie du dich fühlst, wo deine Heimat ist:
Du bist ein Mensch, ob Mann oder Frau,
geschaffen von Gott. Das weiss ich genau.

Du bist das Du für Gott und für mich,
ebenso bin ich es für dich.
Die menschliche Würde hat jeder von Gott.
Wer daran glaubt, erleidet oft Spott.

Wer du auch bist, vertraue darauf,
Jesus hilft dir in den Himmel hinauf,
wenn du seine Göttlichkeit erkennst
und ihn deinen Erlöser nennst.

ES WAR ALLES SEHR GUT

Es ging ihnen gut. Es fehlte nichts. Sie liebten einander und waren eins in allen Dingen. Sie konnten sich aufeinander verlassen und waren mit sich und der Welt zufrieden, oder nicht? Blühen die Blumen auf der anderen Seite des Zauns nicht viel prächtiger? Schau die herrlichen Früchte. Verlocken sie dich nicht, sie zu probieren?

Er sagte nicht *Du sollst nicht begehren*, sondern verspeiste sie gemeinsam mit ihr. Beiden war klar: Es wäre besser gewesen, der Versuchung zu widerstehen. Ihr Verhalten verriet sie und sich zu verstecken nutzte nichts. Er gab ihr die Schuld und machte sie für alles verantwortlich. War das männlich? Sie war mit Recht von ihm enttäuscht, doch nicht nur sie.

Gott ist gut, nichts Böses ist in ihm. Alles, was er macht, kann deshalb nur gut sein. Nach Abschluss der Schöpfung sagte er sogar, es sei sehr gut. Sein Plan war erfüllt. Sein Ziel war eine sich weiter entwickelnde Welt. Alles war darauf angelegt, sich zu vermehren und die Erde mit Leben zu füllen. Der Mensch, wenig geringer als Gott selbst, sollte die Verantwortung übernehmen. Dazu braucht er volle Entscheidungsfreiheit. Das bedeutet, er kann sich auch gegen seinen Schöpfer entscheiden. Kinder wachsen aus der Bevormundung der Eltern heraus, um ihr eigenes Leben zu gestalten.

Ein Puppentheater, in dem Gott die Fäden zieht, wäre langweilig. Er hat den Menschen Verstand gegeben, damit sie ihn benutzen, und will nur eingreifen, wenn es für das Erreichen seines Ziels erforderlich ist. Es gibt kein Licht ohne Schatten. Auch das Gute braucht ein Gegenüber.

Der Mensch wandte sich schon bald von Gott ab, nachdem die Versuchung lockte. Der böse Keim schlug Wurzeln im Erbgut. Gott nahm es zur Kenntnis. Das Trachten der Menschen ist nun böse von Jugend an. Trotzdem lässt Gott seine Kinder nicht allein, wenn sie nach ihm rufen. Er fragt sogar selbst nach ihnen und sucht sie. Das Licht scheint in die Finsternis. Es gibt Hoffnung.

Ein kräftiges, gesundes Kind wurde geboren. Voller Freude rief die Mutter aus: „Ich habe einen Mann gewonnen", als sie den Sohn in die Arme nahm. Traute sie ihm mehr zu als ihrem Gatten? Sie erzog ihn selbstbewusst. Er sollte ihr männlicher Beschützer sein, furchtlos, immer zupackend.

Sein Bruder war zart. Einen Windhauch nannte ihn die Mutter, eine Nichtigkeit. Er war nicht geeignet, Vater eines starken Stammes zu werden. Liebte sie ihn deswegen weniger? Beide entwickelten sich ganz unterschiedlich.

Kain war erdverbunden, beackerte den Boden und tat seine Arbeit in der Gewissheit, in jeder Beziehung ein ganzer Mann zu sein. Doch die mütterliche Liebe engte ihn ein. Er wollte frei sein von allen Bindungen. Das machte ihn einsam. Er fühlte sich abgelehnt und ungeliebt.

Auch Abel war ein Einzelgänger, doch er begegnete jedem freundlich und alle mochten ihn. Er widmete sich der Viehzucht. Beim Hüten der Schafe hatte er genug Zeit zum Nachdenken über Gott und die Welt, obwohl er auf der Hut sein musste vor wilden

Tieren. Er war zufrieden, dankte Gott für alles und wollte ihm wohlgefällig leben.

Jahrtausende später gab es einen Schafhirten, der ein bis heute bekannter König wurde. Als Mann nach dem Herzen Gottes, sollte er eine Markierung auf dem Heilsweg Gottes für die ganze Welt werden, der Thron Davids Hinweis auf Gottes endgültige Herrschaft.

Kain war als Landwirt erfolgreich und wusste, dass es an seinem eigenen Verhalten lag, wenn er mit sich und der Welt unzufrieden war. Wie oft handelte er lieblos, wurde jähzornig und ungerecht, wenn nicht alles so lief, wie er es sich dachte. Leicht fühlte er sich angegriffen, konnte keine Fehler verzeihen und eigene niemals zugeben. Er brauchte einen Sündenbock wie schon sein Vater.

Jeder kennt den Bericht vom ersten Brudermord der Weltgeschichte. Sein Gewissen warnte Kain, als er zerfressen von grundlosem Neid zornig seinen Bruder aufsuchte. Ich will ja nur mit ihm reden, sagte er sich selbst, doch dann schlug er zu. Seine Tat blieb nicht unbemerkt und er bekam Angst. *Wer Men-*

schenblut vergießt, dessen Blut soll auch durch Menschen vergossen werden. Kain glaubte Gottes Urteil über sich zu hören. Die Erde hatte das Blut des Bruders getrunken. Der Ackerboden würde ihm keine Frucht mehr bringen, ihn nicht mehr ernähren. Er musste fort. Aber welche Chance hatte er als Mörder?

Gott hat zwar den Tod als Lohn der Sünde bestimmt, doch nicht sofort. Kain bekam Bewährung. Gott versprach ihm, wenn ihn jemand erschlage, sei dieser der siebenfachen Rache verfallen. Kain hatte sich selbst zum Außenseiter gemacht. Seine Seele war gefangen in der Einsamkeit des Ichs. Er verließ die Heimat und Gott schenkte ihm einen neuen Anfang.

Eigenes Versagen zugeben, können viele nicht. Familienangehörige trennen sich, Freundschaften zerbrechen, weil sich einer verletzt fühlt, einem anderen die Schuld für etwas gibt, aber niemandem vergeben kann. Es muss sich nicht gleich um Mord oder Totschlag handeln. Oft hat schon ein unaufgeklärtes Missverständnis unabsehbare Folgen.

Kain war weiterhin sehr erfolgreich und gilt als Gründer der ersten Stadt, die er nach seinem erstgeborenen Sohn Henoch benannte. Seine Nachkommen sind in allen Berufen vertreten, vom Viehzüchter bis zum Künstler. Niemand kann von sich behaupten, Kains Verhalten sei ihm fremd. Gottes ursprünglich gute Schöpfung war sehr schnell vom Bösen überwuchert worden, das auf das Kind im Mutterleib übertragen wird.

Der Mensch will aus eigener Kraft alles erreichen. Das Ich im Mittelpunkt will Recht behalten. „Wo bist du, Mensch?", fragt Gott immer noch. Versteck dich nicht länger im Lügengestrüpp. Wahre Macht bietet nur die Wahrheit.

Viele tausend Jahre später war es Mose, der im begründeten Zorn einen Ägypter erschlug. Auch dieser Mord blieb nicht unentdeckt und Mose musste fliehen. Vierzig Jahre später erteilte Gott ihm den Auftrag, sein Volk Israel aus der Sklaverei zu befreien.

Dem Stammvater Israels, Abraham, hatte Gott verheißen, Vater vieler Völker und ein Segen für alle Völker auf Erden zu werden. Diese Zusage Gottes ist ewig gültig, doch auf menschlicher Seite begann die Beziehung schon mit einem Streit zwischen Abrahams Enkeln zu bröckeln. Jakob betrog seinen Bruder und musste vor ihm fliehen, weil der ihn töten wollte. Trotzdem nahm Gott von seinem Plan nicht Abstand, begleitete Jakob und gab ihm den Namen Israel. Seine zwölf Söhne sollten Gottes auserwähltes Volk gründen.

Gott hatte sein Versprechen an Eva nicht vergessen. Wir sagen gern: „Der Mensch denkt und Gott lenkt", vergessen aber, dass dazwischen Jahrtausende liegen können. Die Menschen mussten sich erst über die Erde ausbreiten und zu Völkern werden. Obwohl alle einer Herkunft sind, ist nicht einer mit dem anderen identisch. Es gibt unendlich viele Unterscheidungsmerkmale, gut und weniger gut sichtbar, doch alle Menschen sind einander gleichwertig und schuldig.

Machtstreben führt zu Feindschaften, Verachtung des andern und Kampf. Mit menschlichen Waffen und blutigen Opfern wurde aber noch nie etwas verbessert. Kein Krieg schafft wirklich Frieden, kein Mord Gerechtigkeit. Trotzdem sind Blut und Tod erforderlich, um das Böse aus der Welt zu schaffen. Evas Nachkomme muss der Schlange den Kopf zertreten, sie also töten. Er vergießt sein eigenes Blut, damit daraus die Quelle des ewigen Lebens entspringt, die alles Böse abwäscht. Ein sündiger Mensch ist dazu nicht in der Lage. Er durfte also von keinem Mann gezeugt, aber von einer Frau geboren werden. Das konnte nur Gott bewirken. So wurde Jesus Sohn einer Jungfrau.

Jesus nannte sich selbst das Licht der Welt und wollte, dass seine Nachfolger dieses Licht weitertragen, wie Mond und Sterne das Sonnenlicht reflektieren. Als die Römer ihrem Sonnengott ein Fest weihten, erklärten die Christen es deshalb zum Geburtstag ihres Herrn.

In der Bergpredigt versprach Jesus den Sanftmütigen das Erdreich und denen, die sich für Gerechtigkeit einsetzen, das Himmelreich. Dem Apostel Paulus antwortete Gott auf sein Gebet: „Meine Kraft ist in den Schwachen mächtig."

Ich Mensch und Du Gott – gemeinsam sind wir stark und es wird wieder **alles sehr gut**.

DAS MENSCHLICHE LEBEN

Wir leben oft im Augenblick,
denn jeder Tag hat seine Plag.
Man sieht vielleicht einmal zurück,
weiss aber nicht was kommen mag,

Vieles kann der Mensch entscheiden.
Wenn er hat ein festes Ziel,
sollte er wissen, was zu vermeiden,
was für ihn steht auf dem Spiel.

Keiner von uns lebt allein,
sind unterschiedlich auch die andern.
Wir sollten stets bewusst uns sein,
wir müssen miteinander wandern.

Vielleicht hast du auch schon entdeckt,
es reicht dir jemand seine Hand.
Er hat sie nach dir ausgestreckt,
liebevoll dir zugewandt.

Gottes Liebe will alle umfassen,
hält bereit das ewige Leben.
Er möchte niemand in Finsternis lassen
und hat sein Bestes, sich selbst, gegeben.

Gott kennt die geheimsten Gedanken,
will uns trotzdem Lebensfreude geben.
Wenn wir auch im Glauben schwanken,
wir können entscheiden: Tod oder Leben.

UNGLEICHE BRÜDER

Jesus erzählte ein Gleichnis von zwei Brüdern. Der Ältere war pflichtbewusst, fleißig, sparsam und bestrebt, dem Vater auf jeden Fall zu gefallen. Seine eigenen Wünsche stellte er zurück.

Der Jüngere war das Gegenteil. Er wollte sein Leben genießen, die große weite Welt kennenlernen. Das kostete Geld, das ihm nicht zur Verfügung stand. Sicher hätte der Vater ihm eine Reise bezahlt, wenn er ihn gebeten hätte, denn sie waren nicht arm.

Doch der Sohn wollte mehr, raus aus der Enge des Elternhauses. Die Welt ist groß und schön. Sie hat so vieles zu bieten. Völlig frei und unabhängig wollte er sein, keine Rechenschaft ablegen über sein Tun. Dazu brauchte er viel Geld, das er erst nach dem Tod des Vaters haben würde, wenn er einen Teil des Familienvermögens erbte. Doch darauf wollte er nicht warten. Das konnte noch sehr lange dauern. So fasste er einen Entschluss.

Fordernd trat er vor den Vater und verlangte, ihm schon jetzt sein Erbteil auszuzahlen. Dieses Ansinnen war unverschämt und ein Aufbegehren gegen Sitte und Anstand, doch der Vater war einverstanden. Er kannte den Freiheitsdrang und die Wissbegierde seines Jüngsten. Er musste seine eigenen Erfahrungen machen, die Unterschiede kennen lernen, um den Wert der Familie zu schätzen.

Trotzdem sah der Vater seinem Sohn traurig nach, als dieser vergnügt mit seinem Geld in die unbekannte Ferne zog.

Da die Geschichte ein Gleichnis ist, kann man als Vater Gott einsetzen und die beiden Söhne als Menschheit. Sie ist zweigeteilt. Die einen sind pflichtbewusst und verbieten sich selbst jedes Vergnügen. Sie hoffen, auf diese Weise Gott zu dienen. Sie sind selbstgerecht und unfreundlich gegen die anderen und verachten sie in ihren Herzen. Die andern wollen nur leben und Spaß haben, lassen Gott einen „guten Mann" sein und gehen schließlich in die Irre wie Schafe ohne Hirten. Das Ziel haben alle verfehlt. Die wahre Menschlichkeit ging an ihnen vorüber.

Der jüngere Sohn erlitt natürlich Schiffbruch mit seinem freien Leben. Er endete in der Gosse und sah keine Möglichkeit zur Rückkehr in ein menschenwürdiges Dasein. Niemand war bereit, ihm zu helfen. Er überdachte sein vergeudetes Leben und ihm wurde klar, er hatte nicht nur seinen Anteil am väterlichen Vermögen verspielt, sondern sein eigenes Leben. Dem geringsten Arbeiter ging es besser als ihm. Von Freiheit allein kann niemand leben.

Er bereute ehrlich, was er getan hatte. Als Sohn konnte er seinem Vater nicht mehr unter die Augen treten. Doch bevor er verhungerte, wollte er es wagen. Vielleicht fand er in der Heimat Arbeit, die ihn ernährte. Er machte sich auf den Weg.

Der Vater hatte seinen Jüngsten nicht vergessen. Er wartete auf ein Lebenszeichen und hoffte auf seine Heimkehr. Die Liebe ließ ihn täglich Ausschau halten. Endlich sah er ihn in der Ferne kommen und lief ihm entgegen. Der abgemagerte in Lumpen gehüllte Mann hatte keine Ähnlichkeit mehr mit dem fröhlichen Jüngling, der auszog, die Welt zu erobern.

Als beide auf der Straße zusammentrafen, fiel der Sohn schuldbewusst vor dem Vater nieder und bat um Verzeihung. Doch der Vater hörte ihm gar nicht zu, sondern umarmte ihn herzlich. Es gab keine Vorwürfe. Er nahm ihn einfach mit ins Haus und ordnete an, ein Festmahl herzurichten. Die zerlumpte Kleidung wurde durch neue ersetzt. Er bekam sogar einen Ring als Zeichen seiner Sohnschaft. Dann wurde fröhlich gefeiert mit Musik und Tanz.

Einer fehlte. Der ältere Bruder hatte weitergelebt wie bisher und war in seinem Pflichtbewusstsein immer mehr vereinsamt. Als er von der Arbeit kam und die Musik hörte, erkundigt er sich verwundert nach dem Grund. Die Antwort machte ihn zornig. Für ihn war der Bruder längst gestorben. Er würde auf keinen Fall mit ihm feiern. Also ging er nicht hinein.

Der Vater kam zu ihm heraus. Voller Freude teilte er ihm mit, sein Bruder, der verloren gewesen sei, sei heimgekehrt. Doch damit verärgerte er seinen Ältesten noch mehr. Bockig sprach er von „deinem Sohn" und unterstellte, der habe das Geld des Vaters mit Huren durchgebracht und werde dafür belohnt. Das sei sehr ungerecht, denn er habe dem Vater immer treu gedient. Dafür habe er nie etwas für sich verlangt und nie irgendetwas erhalten, um mit seinen Freunden zu feiern.

Hatte dieser verbitterte Mann überhaupt Freunde? Der Vater schien das auch zu bezweifeln. Verständnislos verwies er darauf, dass er aus freien Stücken zu Hause geblieben sei und sein eigenes Leben geführt habe. Niemand hätte ihn gehindert, Freunde einzuladen. Alles, was als Eigentum des Vaters gelte, sei sein Erbteil. Sein Bruder hingegen, sei in seiner Verlorenheit tot gewesen und nun wieder lebendig geworden. Als Vater freue er sich, ihn wiedergefunden zu haben. Das sei der Grund für ein Freudenfest.

Was der Sohn antwortete und wie die Geschichte ausging, erzählte Jesus nicht. Sie sollte einfach zum Nachdenken anregen. Wie überheblich sind wir selbst?

Der ältere Sohn war undankbar und hochmütig, wie viele der sogenannten Frommen. Das machte ihn zornig über die Freude des Vaters. Für Gott zählt nicht die eigene Leistung. Er belohnt sie nicht. Doch wer seine Verlorenheit erkennt und bereut, wird herzlich aufgenommen.

Jesus wurde angefeindet, weil er sich Sündern zuwandte und mit ihnen aß und trank. Er liebte fröhliche Feste. Damit verärgerte er alle frommen Juden. Doch Gott sieht es anders. Es wird Freude im Himmel sein über jeden Sünder der Buße tut.

DAS HERZ

Das Herz ist das wichtigste Organ,
ohne das niemand leben kann.
Wenn wir es bildlich setzen ein,
soll es ein Liebeszeichen sein.

Sucht man einen Reim auf Herz,
fällt zuerst uns ein der Schmerz.
Es steht das Herz für die Gefühle,
ob böse, gute, heiße, kühle.

Jesus möchte wohnen hier.
Er steht vor der Herzenstür
und klopft, weil Eintritt er begehrt,
der ihm leider oft verwehrt.

Ein Herz ist eng oder auch weit,
reagiert auf Freude und auf Leid.
Es hat uns meist sehr viel zu sagen
bis es am Ende aufhört zu schlagen.

DAS GEGENÜBER

Ein Gegenüber ist erforderlich, das Gleichgewicht herzustellen, die Balance des Lebens. Das Gegenüber von etwas kann dessen Gegensatz, aber auch ein Spiegelbild sein, ein Rivale oder Konkurrent, ein Gegenspieler oder gar ein Feind.

Unser Gegenüber kann als Familienmitglied täglich anwesend sein oder es wohnt nur gegenüber, ohne dass wir Kontakt haben. Es kann plötzlich vor uns stehen, kann ein unbelebter Gegenstand sein oder ein Stück Natur. Die Bedeutung für unser Leben ist eine Frage der Beziehung. Ob Partner, Kollege, Nachbar oder jemand, dem wir zufällig begegnen – in irgendeiner Weise spiegeln wir einander. Selbst mit Tieren und Pflanzen erkennen wir Gemeinsamkeiten, nicht nur Trennendes.

Ohne menschliches Gegenüber ist man allein. Einsam kann man auch mit Gegenüber sein. Wir sitzen uns gegenüber, reden miteinander, doch es verbindet uns nichts. Das Haus gegenüber kann schön sein, der

Park gegenüber einladend, ohne innere Beziehung bleibt beides fremd.

Erwarten wir eine Begegnung, stellen wir uns Fragen. Haben wir Angst oder empfinden wir Freude? Wer ist das Gegenüber, mit dem wir uns auseinandersetzen müssen? Können wir ihm vertrauen? Wie wird das Treffen ausgehen? Knüpfen wir eine Hoffnung daran?

Angst führt zu Hass. Deshalb beginnen Gott und seine Boten immer mit „Fürchte dich nicht". Jesus sagte: „Liebt eure Feinde. Ich habe die Welt überwunden." Hass und Liebe sind Gegensätze, Feinde und Freunde auch. Wenn wir uns nicht fürchten, werden wir den Feind nicht hassen, sondern ihm mutig entgegentreten. Ihn zu lieben bedeutet, fair zu handeln. Ein Freund muss er nicht werden.

Seit 1995 wächst angeblich weltweit die „Generation Angst" heran, gefördert von der Mediensucht, die schon bei Kindern zu Depressionen, Selbstverletzungen und Suizid führt. Als Grund wird die Überbehütung der Kinder in der realen Welt und ihre Unterbehütung in der virtuellen Welt gesehen.

Smartphones gehören nicht in Kinderhände. Sie sind kein geeignetes Gegenüber für sie. Sie brauchen das freie Spiel mit Gleichaltrigen und Liebe, die sie nicht in der virtuellen Welt erhalten.

Gott als Gegenüber des Menschen wurde von Adam abgelehnt. Wenn er die Verantwortung für die Welt übernehmen sollte, wollte er keine Einmischung. Jeder Mensch hat eigene Fähigkeiten unabhängig vom Geschlecht. Doch für die Aufgaben in der Familie werden Mann und Frau gleichermaßen als Partner gebraucht. Die werdende Mutter ist auf Schutz und Hilfe angewiesen und die Kinder brauchen beide Elternteile.

Gott sah sein Gegenüber weiterhin in Eva und sagte ihr voraus, sie werde einen besonderen Nachkommen haben, der das Böse, das nun in die Welt gekommen sei, besiegen werde. Ein Mann werde dafür nicht gebraucht. Es dauerte allerdings noch einige tausend Jahre. In dieser Zeit fand Gott häufig ein weibliches Gegenüber, obwohl er einen Bund mit einem Mann schloss.

Nachdem Israel ein großes Volk geworden war, nahm man Gottes Gebote und den Bund mit ihm nicht mehr so ernst. Die Erinnerungen an seine Führung verblassten. Im Kampf gegen die Nachbarvölker drängte sich Gott nicht auf, doch er kann seinem Bund nicht untreu werden. Israel blieb sein Volk und hatte keinen anderen König als Gott. Für die Einhaltung von Recht und Ordnung im Staat wurden Richter eingesetzt. Das hatte etwa vierzig Jahre funktioniert, dann übernahmen die Moabiter die Herrschaft über Israel.

Durch eine List gelang es den Israeliten nach achtzehn Jahren, von den Moabitern frei zu werden. Doch immer wieder gab es Kämpfe mit Nachbarvölkern. Schließlich wurde Israel von den Kanaanitern besiegt und zwanzig Jahre unterdrückt. Jetzt schrie das Volk zu Gott um seine Hilfe.

Richter war zu dieser Zeit eine verheiratete Frau. Vermutlich hatte sie schon erwachsene Kinder, denn sie wurde eine Mutter Israels genannt. Gott hatte Debora zu seinem Gegenüber berufen, ohne ihren Mann Lappidot zu fragen. Er versprach ihr seine Hilfe gegen die Besatzer.

Sie ließ den Heerführer Barak rufen und gebot ihm, mit zehntausend Mann zum Berg Tabor zu ziehen. Dort werde Gott den Feldherrn Sisera mit seinen Truppen in seine Hände geben. Barak vertraute der Zusage Gottes nicht und verlangte ihre Begleitung. Entgegen seiner Erwartung stimmte sie zu. Sie wies ihn allerdings darauf hin, der Sieg werde einer Frau gehören. Sie meinte nicht sich, sondern kannte Gottes Plan.

Der gegnerische Feldherr Sisera war sich seines Sieges gewiss, doch irgendetwas versetzte seine Truppen in Panik. War es die Frau, die vor den Gegnern herzog oder konnten sie die unsichtbaren Kämpfer Gottes sehen? Sisera sprang erschrocken von seinem Kampfwagen und floh zu Fuß in Richtung des Hauses eines Mannes, von dem er wusste, dass er kein Feind seines eigenen Volkes war. Dessen Frau Jael bat ihn freundlich herein, gab ihm etwas zu trinken und einen Schlafplatz. Als er eingeschlafen war, schlug sie ihm mit einem großen Hammer einen langen Nagel durch die Schläfe.

Barak hatte mit seinen Leuten die fliehenden Feinde verfolgt. Jael ging ihm entgegen und führte ihn zu der Leiche. Israel hatte durch Jaels Mut eindeutig gesiegt und die nächsten vierzig Jahre verliefen in Frieden.

Bei der Siegesfeier des Volkes Israel sangen Debora und Barak ein Lied zum Lobe Gottes. In Deboras Bericht über den errungenen Sieg hob sie Jael, die Frau des Keniters Heber, besonders hervor. Sie habe mutig mit einem Schmiedehammer zugeschlagen und die Schläfe des Feindes mit einem Nagel durchbohrt. Sie schloss: „Alle Feinde Gottes müssen umkommen. Aber die, die ihn lieben, sind wie die Sonne, wenn sie aufgeht in ihrer Kraft."

Seit der Verschleppung Israels in die babylonische Gefangenschaft lebten im späteren großpersischen Reich viele Juden als anerkannte Staatsbürger. Ein verärgerter Minister hasste sie und wollte sie ausrotten. Gott erwählte zur Rettung seines Volkes wieder eine Frau als sein Gegenüber.

Er veranlasste, dass der König ein jüdisches Mädchen zu seiner Königin machte, ohne von ihrer

Volkszugehörigkeit zu wissen. Als Königin Esther von der Gefahr für ihr Volk erfuhr, gab Gott ihr die Vollmacht, dies zu verhindern. Diese Begebenheit wird im Volk Israel noch heute mit einem großen Fest gefeiert.

Glaube und Gerechtigkeit sind Geschwister. Wer Gott feindlich gegenüber steht, wird scheitern. Doch Gott handelt nicht, ohne ein menschliches Gegenüber.

QUELLE DES LEBENS

Du fühlst dich einsam. Niemand hört dir zu.
Du bist allein und hast kein Du.
Geh hinaus in die Natur.
Suche nach des Lebens Spur.

Jedes Kraut wird sie dir zeigen.
Die Vögel singen es in den Zweigen.
Strebe selbst dem Licht entgegen
und genieße auch den Regen.

Jedes Leben kennt das Leiden.
Doch die Quelle deiner Freuden
suche oben, himmelwärts.
Nimm dies Du auf in dein Herz.

Du hörst die Quelle, nimmst sie wahr.
Das Wasser sprudelt hell und klar.
Es funkeln die Tropfen im Sonnenlicht.
Mehr Lebenszeichen brauchst du nicht.

SELBSTFINDUNG

Es ging wieder einmal drunter und drüber. Jeder hatte Wünsche oder beklagte sich über etwas. Der Vater versuchte, bei dem Lärm die Zeitung zu lesen. Statt die Kinder zur Ordnung zu rufen, wandte er sich mit anklagender Stimme an die Mutter. Da platzte ihr der Kragen.

„Es ist Wochenende. Alle haben frei und können tun, was sie wollen, nur ich nicht. Bin ich eure Dienstmagd? Jetzt ist Schluss. Ich brauche auch mal etwas Zeit für mich."

Sie hatte begonnen, den Frühstückstisch abzuräumen. Jetzt ließ sie alles stehen und verließ den Raum. Einen Moment war es nun ganz still. Dann erhob sich auch der Vater. „Ihr räumt jetzt auf. Ihr seid alt genug, Mama zu helfen. Ich komm gleich wieder. Da muss hier alles picobello sein."

Er ging hinaus, um seine Frau zu suchen. Er fand sie im Schlafzimmer, doch sie machte nicht etwa die

Betten, sondern packte eine Reisetasche. Sie sah auf, als er die Tür öffnete und sie entsetzt anblickte. „Du willst uns verlassen? Was ist denn so Schreckliches passiert? Wir brauchen dich doch?"

Sie nickte und packte weiter, ohne noch einmal aufzusehen. „Ihr braucht mich, aber was ich brauche, ist euch egal. Dass wir ein gemütliches Heim haben und ich für gute gemeinsame Mahlzeiten sorge, obwohl ich berufstätig bin wie du, ist dir noch nicht aufgefallen. Ich kann nicht mehr. Alles bleibt an mir hängen. Du willst deine Ruhe haben. Ich habe nie einen freien Tag, nicht einmal einen Feierabend. Jetzt ist damit Schluss."

Sie schloss die Tasche und wandte sich zur Tür.

„Wo willst du überhaupt hin?", fragte er völlig hilflos.

„Einfach mal raus."

Sie machte Anstalten, die Wohnung zu verlassen. Er trat ihr in den Weg.

„Aber du kommst doch wieder? Bitte. Wir brauchen dich wirklich."

Sie sah ihn an und nickte. Sie schien noch etwas sagen zu wollen, doch dann schob sie ihn zur Seite und verließ die Wohnung.

Draußen schien die Sonne. Sie holte ihren Wagen aus der Garage und fuhr los. Ein Ziel hatte sie nicht. Einfach raus, den Tag genießen, mal was anderes sehen.

Als ein Wald in Sicht kam, suchte sie nach einer Freifläche am Straßenrand, parkte ihren Wagen und stieg aus. Der Wald versprach eine geheimnisvolle Geborgenheit, je tiefer sie in ihn eindrang. Fand sie hier die neue Kraft, die sie so dringend brauchte? Warum war sie eigentlich so plötzlich ausgerastet? Dieser Morgen war nicht ungewöhnlich verlaufen.

Ja, sie war stolz auf ihre Familie. Jeder war zufrieden, aber sie selbst? Immer verzichtete sie zugunsten der andern und nahm sich zurück. Das war es wohl. Jeder wusste, Mama sorgt schon dafür, dass es uns gut geht. Auf sie können wir uns immer verlassen.

Ihre Gedanken liefen zurück. Ihr ganzes Leben, alle Höhen und Tiefen, erschienen als bunte Gedankenfetzen. An der einen oder anderen Szene blieb sie länger hängen. Nach der Schulzeit erlernte sie einen Beruf und ihre Mutter hatte sie gleichzeitig im Haushalt angeleitet. „Eine Frau muss alles können. Männer können ebenso wenig wie Kinder für sich selbst sorgen", erklärte sie ihr und fügte hinzu: „Sieh dir doch deinen Vater an. Er würde vor vollem Kühlschrank verhungern und nicht einmal eine Tasse finden, wenn vor ihm eine volle Kaffeekanne steht." In der Erinnerung an dieses Gespräch musste sie lachen. Als die Mutter völlig unerwartet plötzlich gestorben war, war ihr Vater keineswegs verhungert, sondern gut allein zurecht gekommen, bis er eine neue Partnerin fand.

In ihrer eigenen Ehe war zunächst alles wunderbar. Nach der Geburt der Kinder waren die natürlich allem anderen vorgegangen. Sie hatte ihre Berufstätigkeit weitgehend der Familienarbeit angepasst, er arbeitete weiter wie bisher. Natürlich übernahm er auch die eine oder andere Familienaufgabe, das meiste aber blieb an ihr hängen. Es war schließlich Frauenarbeit. Je größer die Kinder wurden, änderten sich zwar die Aufgaben, doch umso mehr Forderungen stellten sie.

Sie erreichte eine Lichtung. Überrascht blieb sie stehen. Das romantische Dämmerlicht des Waldes mit goldenen Pünktchen zwischen dem Laub wurde abgelöst von hellem Sonnenschein. War das ein Omen für ihren weiteren Weg? Sie sah sich nach allen Seiten um. Dort lag ein umgestürzter Baum. Sie setzte sich darauf, schloss die Augen und ließ ihr Gesicht von der Sonne bescheinen. Ihre Gedanken liefen ihr voraus, überschlugen sich. Was war ihr Ziel? Wie solle es weitergehen? Sie musste umkehren, ohne sich zu verlaufen. Sie blickte zurück zum Wald. Nein, jetzt noch nicht. Es war zu schön hier. Entspannt schloss sie erneut die Augen und glitt langsam in einen wohltuenden Schlaf.

Es war später Nachmittag als sie wieder bei ihrem Auto ankam. Sie musste dringend ein Restaurant finden, denn sie hatte Hunger. Besser wäre ein Hotel, um ein Zimmer für die Nacht zu mieten. Heute würde sie auf keinen Fall heimkehren.

Beim Essen kam sie mit einem Mann ihres Alters ins Gespräch. Er war Rechtsanwalt und wegen einer Tagung hier. Sie fand ihn sehr sympathisch. Er schlug vor, das Wochenende gemeinsam zu verbringen.

Doch sie wollte diesen Abend lieber ganz allein in ihrem Zimmer genießen, völlig ungestört entspannen. Fernsehen und dabei vielleicht ein Glas Wein trinken. Morgen wäre sie dann bereit, die Umgebung zu erkunden. Ihr Tischnachbar schien ein wenig enttäuscht zu sein, war aber einverstanden mit einem gemeinsamen Sonntag.

Nach dem Frühstück machten sie sich zu Fuß auf den Weg zum nahegelegenen See. Es war ein schöner Spaziergang dorthin und am Ufer entlang. Die Terrasse eines Restaurants lud zur Einkehr ein. Sie bestellten einen kleinen Imbiss, er außerdem eine Flasche Wein.

„Es ist zwar noch früh am Tage", sagte er, als er beiden ein Glas einschenkte, „aber ich dachte, wir sollten Brüderschaft trinken."

Sie sah ihn erstaunt an. „Wir kennen uns doch erst ein paar Stunden, und morgen geht jeder wieder seinen eigenen Weg."

„Das ist richtig, doch heute haben wir den ganzen Tag für uns und wohl auch noch die ganze Nacht." Er rückte näher an sie heran und legte einen Arm um sie. Sie löste sich aus der ungewollten Umarmung und griff nach ihrem Glas. Die Bedienung brachte das bestellte Essen. Sie tranken einander zu, ohne noch etwas zu sagen, und widmeten sich ihrer Mahlzeit.

Bevor er auf seinen Vorschlag zurückkommen konnte, brach sie das Schweigen und fing, wie sie meinte, ein unverfängliches Gespräch an, auf seinen Beruf bezogen.

„Ist es nicht schwierig, die unterschiedlichsten Parteien vor Gericht zu vertreten, damit ihnen Gerechtigkeit widerfährt?", fragte sie.

„Es geht selten um Gerechtigkeit, sondern um Durchsetzung des Rechts oder das Finden von Lücken zu Gunsten des Klienten", antwortete er. „Wichtig ist immer die Begründung. Manchmal muss man aus schwarz weiß machen und umgekehrt, um das Beste für den Klienten herauszuholen." Er lächelte sie an und wollte erneut seinen Arm um sie legen. Sie wich zurück.

„Nein", antwortete sie. „Das wäre kein Beruf für mich. Man nennt einen Anwalt also zu Recht Rechtsverdreher. Die Schlange im Paradies muss ein Rechtsanwalt gewesen sein."

„Die Schlange im Paradies?", fragte er verständnislos. „Vor welchem Gericht und für oder gegen wen trat sie auf und bei welcher Rechtslage?"

„Nun, Gott hatte ein Verbot erlassen. Die Schlange versuchte, ein Missverständnis zu finden und fragte Eva: Sollte Gott gesagt haben? Ihre Absicht war, den Gesetzgeber zum Schuldigen zu machen, doch er war gleichzeitig der Richter."

Er lachte. „Ich denke, Sie haben verstanden, mit welchen Spitzfindigkeiten ich es im Beruf zu tun habe. Heute ist ein schöner Tag, den wir unbeschwert genießen sollten. Sind Sie nicht deshalb hier? Was interessiert uns die Rechtslage?"

„Mich schon. Ich bin verheiratet und wollte nur eine Auszeit nehmen, um mich selbst zu finden."

„Das ist doch genau das, was ich meine. Finden wir uns selbst, unabhängig von Gesetzen. Ich habe auch Familie und bin extra früher gefahren, um mich vor der anstrengenden Tagung zu entspannen. Wir verstehen uns." Er hob sein Glas. „Also was ist mit Brüderschaft?"

Sie schüttelte den Kopf und winkte der Bedienung. „Sie waren mir sofort sympathisch. Sonst hätte ich mich nicht mit Ihnen verabredet. Aber ich fürchte, Sie verstehen unter Selbstfindung etwas anderes als ich. Recht und Gerechtigkeit sind nicht dasselbe, haben Sie mir erklärt. Aber Recht muss Recht bleiben, auch wenn es im Einzelfall nicht gerecht sein sollte. Deshalb werde ich jetzt nach Hause fahren. - Ich möchte zahlen", sagte sie zur herbeigeeilten Kellnerin und zog ihr Portemonnaie hervor.

Enttäuscht erhob er sich, als sie aufstand und ihm die Hand reichte. „Es war sehr gut, mit Ihnen diese Zeit zu verbringen und zu reden. Ich danke Ihnen. Ich habe gefunden, was ich suchte, und wünsche auch Ihnen alles Gute für die Tagung."

Ohne sich noch einmal umzudrehen, verließ sie das Lokal, ging zurück zum Hotel und checkte aus. Eine gewisse Zufriedenheit erfüllte sie.

Während der Autofahrt dachte sie noch einmal über sich und ihre Auszeit nach. Es war keineswegs verlorene oder verschwendete Zeit gewesen. Ihr fiel ihre Bemerkung über das Paradies ein und sie musste lachen. Der Rechtsverdreher hatte sie verstanden, aber in falscher Richtung weitergedacht. Die Situation war so absurd gewesen wie ihre Selbstfindungsidee und trotzdem erfolgreich. Recht und Gerechtigkeit sind nicht dasselbe, aber auch keine Gegensätze. Rechte und Pflichten müssen im richtigen Verhältnis zueinander stehen. Dann wird das Recht jedem gerecht. Der wichtigste Mensch im Leben sollte niemals man selbst sein, doch das Ich steht dem Du oft im Wege und verhindert in der Ehe eine gleichberechtigte Partnerschaft.

Sie hatte sich von Anfang an als allein zuständig für den Haushalt gefühlt. Das funktionierte, solange sie keine Kinder hatten. Dann wurde es immer schwieriger. Genau wie ihre Mutter traute sie ihrem Mann nicht zu, irgendwelche Tätigkeiten verantwortlich zu übernehmen, und blockte seine Hilfsangebote allzu oft ab. Daraus durfte sie ihm jetzt keinen Vorwurf machen. Jeder kann das eine oder andere besser, aber niemand kann alles allein schaffen. Das führt unweigerlich zum Zusammenbruch des selbst errichteten Kartenhauses. Sie musste unbedingt mit ihrem Mann darüber reden.

Zu Hause fand sie zu ihrem eigenen Erstaunen eine aufgeräumte Wohnung und Vater und Kinder in trauter Gemeinschaft bei einem Spiel. Sie wirkten allerdings ein wenig bedrückt und waren erleichtert, als sie mit einem Lächeln zu ihnen trat.

„Wir sind froh, dass du wieder da bist", sagte ihr Mann und nahm sie glücklich in den Arm. Die drei Kinder schmiegten sich ebenfalls an sie.

Dann wurde sie an den gedeckten Tisch gebeten. Das Essen war fertig und hatte offensichtlich schon eine Weile auf der Wärmeplatte gestanden. Man hatte auf die Mutter gewartet. Gerührt traten ihr Tränen in die Augen. „Wie schön ihr alles gemacht habt. Wir müssen unbedingt in Ruhe über alles miteinander reden, was jeder für wichtig hält. Ich werde Euch ganz bestimmt zuhören. Das verspreche ich. Bestimmt lassen sich für alle Probleme Lösungen finden."

GEBORGEN IN DER LIEBE

Liebe ist selten Glückseligkeit
und schenkt nicht immer Geborgenheit.
Oft führt sie durch so manches Leid,
häufig in die Einsamkeit.

Deshalb wurde in der Stille der Nacht
einst das göttliche Licht entfacht.
Die Welt ist nicht dem Dunkel geweiht,
gibt es auch weiterhin viel Leid.

Für Gottes eingeborenen Sohn
war zunächst der Liebe Lohn
Zurückweisung und Einsamkeit
und der Tod nach großem Leid.

Doch drei Tage später war er besiegt,
der Tod und der Teufel, der alle betrügt.
Durch Jesus wurde der Liebe Macht
von Gott selbst auf die Erde gebracht.

Drum bleib nicht an der Krippe stehn.
Lass auch den Tod vorüber gehn.
Dann umfängt dich Glückseligkeit
durch Gottes Liebe in Ewigkeit.

AUSGLEICH

Seit dem Tod der Eltern bewohnten die drei Geschwister ihr Elternhaus allein. Geheiratet hatten sie
nicht. Sie lebten miteinander glücklich und zufrieden. Lazarus verdiente das Geld und Martha war
stolz auf ihre hausfraulichen Fähigkeiten und ihre
Gastfreundschaft. Da konnte ihr niemand etwas
nachsagen. Essen und Trinken war eine Notwendigkeit, die man keinem vorenthalten durfte. Um jemanden übernachten zu lassen, hatten sie auch Platz.
Darauf lag sicher Gottes Segen. Maria, die Jüngste,
war noch unentschieden, ob es ihr genügte, im Schatten der großen Schwester im Haushalt mitzuarbei-
ten.

Unerwartet stand ein guter Freund der Familie mit
seinen Begleitern vor der Tür. Die beiden Frauen
freuten sich ehrlich über den Besuch. Sie baten alle
herein und Martha brachte sofort Getränke und einige kleine Gebäckstücke. Dann verschwand sie in der
Küche.

Natürlich musste sie jetzt ein gutes Essen zubereiten. Sie konnte die Wandergruppe unmöglich mit diesen alten Keksen abspeisen. Fieberhaft überlegte sie, was aus ihren Vorräten schnell zu machen sei. Sie hätte jetzt Hilfe gebraucht. Ihre Schwester war gegangen, den Bruder zu informieren, dass sein Freund zu Besuch sei. Sie musste aber längst zurück sein. Saß sie etwa bei den Gästen?

Martha wurde ärgerlich. Wie konnte das Mädchen so pflichtvergessen sein. Gäste müssen versorgt werden. Das ist Frauensache. Sie ging zu den Freunden ins Zimmer. Gerade sprach Jesus und Maria saß andächtig vor ihm und schien jedes seiner Worte zu verschlingen.

Martha platzte fast. Jetzt war sie wirklich wütend und wandte sich an Jesus. Als Mann musste er ein Machtwort sprechen. Hätte er nicht von sich aus Maria an ihre Pflicht erinnern müssen?

„Rabbi, sag bitte meiner Schwester, dass sie mir helfen soll. Ihr braucht ein richtiges Essen, aber allein schaffe ich das nicht."

Jesus wandte sich ihr erstaunt zu. Er lächelte und antwortete: „Meine liebe Martha, es ist wunderbar, dass du dich um unser leibliches Wohl sorgst, doch du machst dir zu viel Mühe. Maria hat begriffen, dass es Wichtigeres gibt. Dafür kann ich sie nicht tadeln. Gäste, die unangemeldet kommen, erwarten kein Festmahl. Ein kleiner Imbiss und etwas Wasser genügen. Das hast du uns schon gebracht. Komm, setz dich auch zu uns."

Martha fühlte sich beschämt und schüttelte immer noch ärgerlich den Kopf. Männer hatten wirklich keine Ahnung. Natürlich hätte sie ebenso gern wie Maria seinen Worten gelauscht. Aber sie hatte doch ihre Hausfrauenpflichten zu erfüllen und Maria war auch eine Frau. Es gehörte sich nicht, in einer Männerrunde zu sitzen und womöglich mitzudiskutieren. Sie wandte sich zur Tür und ihre Antwort klang etwas patzig: „Ich kann jetzt nicht aus der Küche weg. Sonst gibt es ein Unglück."

Jesus nickte und lächelte immer noch. „Also bis gleich, Martha. Wir wissen deinen Eifer zu schätzen; aber merk es dir fürs nächste Mal: Der Mensch lebt nicht nur von gutem Essen. Er braucht auch einen

Ausgleich für die Seele. Das hat Maria erkannt und es gilt auch für dich."

Martha schloss die Tür hinter sich. Hatte sie es noch gehört und verstanden? Irgendwie war es ihr jetzt Recht, dass Maria ihr nicht in die Küche folgte. So konnte sie in Ruhe über Jesu Worte nachdenken. Es war nicht so eilig, wie sie angenommen hatte. Lazarus war noch nicht da. Die Gäste würden also bleiben, bis er kam. Sie konnte sich Zeit lassen mit der Zubereitung des Essens. Später konnte sie sich dann auch dazusetzen.

Jesus war oft und gern bei seinen Freunden zu Gast. Meist unterhielt er sich mit Lazarus, aber auch Maria saß häufig bei ihnen. Martha hatte Recht, Frauen wurden im allgemeinen in Männerrunden nur zur Versorgung mit Essen und Trinken geduldet. Das hielt er aber für falsch. Frauen sind Männern völlig gleichwertig, brauchen Nahrung wie sie, auch für ihre Seelen. Warum sollen sich nicht alle gemeinsam laben? Er ließ sich von Frauen ansprechen und redete auch von sich aus mit ihnen. Maria fühlte sich ihm besonders nahe. Das war ihm schon aufgefallen; aber er predigte ja selbst von der Notwendigkeit, einander zu lieben.

***

Als Lazarus eines Tages erkrankte, schickte Martha sofort einen Boten, um es Jesus mitzuteilen. Doch auf seinen Besuch wartete sie vergeblich. Der Bote brachte auch keine Nachricht von ihm. Martha war so sicher gewesen, er würde eilig kommen, um seinen Freund zu heilen. Schließlich waren schon unzählige Kranke durch seine Gegenwart gesund geworden. Hatte Jesus vielleicht Angst vor Verhaftung? Die geistliche Obrigkeit im nahen Jerusalem suchte einen Grund gegen ihn, um ihn der Besatzungsmacht als Verbrecher auszuliefern.

Lazarus ging es schlechter, er starb und wurde in einer Grabhöhle beerdigt. Viele Leute kamen auch Tage danach ins Haus, um mit den beiden Schwestern zu weinen und sie zu trösten. Da flüsterte jemand Martha zu, er habe Jesus gesehen. Er sei auf dem Weg hierher. Martha verließ sofort das Haus und lief ihm entgegen.

Vorwurfsvoll begrüßte sie ihn. „Wenn du hier gewesen wärst, wäre mein Bruder nicht gestorben."

Dann fügte sie hinzu: „Aber ich weiss, dass Gott dir alles gibt, um was du ihn bittest." Was wollte sie ihm damit sagen?

Als er ihr antwortete, ihr Bruder werde leben, dachte sie an die Auferstehung am Ende der Zeiten und sagte es. Doch Jesus ergänzte: „Ich bin die Auferstehung und das Leben". Jetzt wagte Martha eine starke Glaubensaussage: „Ich weiss, du bist der Messias, der Sohn Gottes."

Schnell lief sie ins Haus zurück, um Maria zu holen. Als diese hastig aufstand und das Haus verließ, folgten ihr alle, die bei ihr waren. Sie glaubten, sie wolle zum Grab ihres Bruders. Bei Jesus angekommen, begrüßte auch sie ihn mit den Worten: „Wenn du hier gewesen wärst, wäre mein Bruder nicht gestorben."

Erschüttert fragte Jesus nach seinem Grab und weinte wie alle anderen, doch nicht wegen des Toten. Er wusste, weshalb er gekommen war. Als sie vor der Grabhöhle standen, sagte er: „Räumt den Stein weg". Martha erhob sofort Einspruch. „Er ist schon vier

Tage tot und stinkt." Jesus wies sie zurecht: Habe ich dir nicht gesagt, wenn du genug Glauben hast, wirst du Gottes Herrlichkeit sehen?"

Dann betete er. Er dankte seinem Vater und fügte hinzu, dass er wegen der vielen Menschen laut sage, was für ihn selbstverständlich sei, damit sie begreifen könnten, wer er sei. In Richtung Grab rief er: „Lazarus, komm heraus." In Tücher eingehüllt erschien der Verstorbene. Jesus befahl, ihn auszuwickeln. Alle Anwesenden waren fassungslos. Einige glaubten an das göttliche Wunder.

Es gab aber auch Zeugen, die eilten nach Jerusalem, um dem Klerus zu berichten, wie gefährlich dieser Jesus sei. Einen schon vier Tage im Grab liegenden Toten wieder lebendig zu machen, gehe nicht mit rechten Dingen zu. Deser Mann musse unbedingt aus dem Verkehr gezogen werden.

Jesus verließ Betanien und ging in einen Ort am Rande der Wüste. Sechs Tage vor dem Passahfest kam er zurück. Lazarus wollte sein ihm neu geschenktes Leben feiern. Dies nutzte Maria für ein besonderes Dankeschön an Jesus. Sie salbte seine

Füße mit einem sehr teuren Öl und trocknete sie mit ihren Haaren. Das erweckte Unwillen bei seinen Jüngern, die es für Verschwendung ansahen. Jesus nahm Maria in Schutz. Sie habe ihn im Voraus für seine Beerdigung gesalbt. Das verstand mal wieder niemand, doch er wusste, seine Zeit war nun gekommen.

Am nächsten Tag ritt er auf einem Esel in Jerusalem ein und wurde vom Volk als König bejubelt. Noch in derselben Woche wurde er verhaftet, verurteilt und gekreuzigt. Sein irdisches Leben war zu Ende. Seine Anhänger versteckten sich vor Angst, auch verhaftet und getötet zu werden.

Jesus hatte sie niemals im Unklaren gelassen über seine Mission. Trotzdem dauerte es lange, bis sie es begriffen, obwohl er ihnen nach seiner Auferstehung leiblich erschien. Es war Gottes Plan, die Entfernung zwischen sich und den Menschen gemäß seiner Verheißung auszugleichen. Kein Schiff kann einen Wasserfall hinauffahren. Flüsse mit Höhenunterschieden können nur mit Hilfe eines Hebewerks befahren werden. So setzte Gott seinen Sohn ein. Wer ihm vertraut, wird von der menschlichen Ebene auf die göttliche hinaufgehoben. Jesus hat stellvertretend für uns alles erfüllt, um den Sund zwischen Himmel und Erde zu überbrücken.

Aus eigener Kraft kann die von Gott abgefallene Menschheit nicht in Gottes Herrlichkeit gelangen. Deshalb wurde Gott selbst Mensch und schuf den **Ausgleich** zwischen Schuld und Gerechtigkeit. Dessen kann jeder im Glauben gewiss sein.

VERSCHIEDENE WEGE

Die Straße ist breit
und gerade bis zum Ziel.
Das ist unbekannt und weit.
Doch das macht nicht viel.

Unterwegs gibt's Vergnügen,
jede Menge Spaß.
Wenn sie uns betrügen,
was macht uns das?

Schmal ist der Pfad,
windet sich auf und ab,
ist weder eben noch gerad'.
Du brauchst den Wanderstab.

Was unterwegs passiert,
das ist unbekannt.
Wohin der Pfad dich führt,
das ist dein Heimatland.

Wer beendet diesen Pfad,
fällt in liebende Hände.
Es umfängt ihn Gottes Gnad
an der letzten Lebenswende.

Es macht der Tod mir keine Angst.
Ich wünsch, es geht dir ebenso.
Falls du noch im Herzen bangst,
Jesu Liebe macht dich froh.

ABSTAMMUNG

Sollte jeder seine Ahnen kennen? Ist es wichtig, welchen Völkern sie angehörten? Nein, es schadet nichts, wenn sich das Blut vieler Völker mischt, im Gegenteil. Es ist gut für die Gesundheit. Nicht umsonst ist Inzest verboten. Er fördert Fehlbildungen an Körper und Geist. In Königshäusern, insbesondere im alten Ägypten, führte dies zum Niedergang. Bestenauslese durch Geschwisterehen hatte nicht den gewünschten Erfolg. Vervielfältigt wurden die negativen, krankmachenden Gene. Man kann keine Elitemenschen züchten.

Das ist auch bei Tieren so. Wenn eine Wildtierart in einem Gebiet immer seltener wird, stirbt sie bald wegen nur noch möglicher Inzucht aus. Bei Nachzüchtungen im Zoo und der Auswilderung muss dies durch Genkontrollen überprüft und berücksichtigt werden. Sonst wird man keinen länger anhaltenden Erfolg haben.

Bei Hunderassen spricht man inzwischen von Qualzucht, die verboten werden sollte. Gewisse Schönheitsideale, die durch Inzucht entstanden, beeinträchtigen das Leben der Tiere stark. Neue Arten entstehen durch Züchtungen nicht. Es bleiben Hunde.

Natürlich hat nicht jede inzestöse Verbindung sofort negative Folgen. Zwei semitische Volksstämme entstanden durch Inzucht. Als Sodom und Gomorra zerstört wurden, floh Lot mit seiner Familie ins Gebirge. Unterwegs verloren sie die Mutter. Die Töchter befürchteten, in dieser einsamen Gegend würden sie niemals Ehemänner finden. Wie sollten sie im Alter allein zurechtkommen? Sie brauchten Nachkommen, die dann für sie sorgten.

In ihrer hilflosen Angst kamen sie auf eine seltsame Idee. Sie machten ihren Vater abends betrunken und schliefen nacheinander mit ihm bis sie schwanger waren. Jede bekam auf diese Weise einen Sohn. Das waren die Stammväter der späteren Ammoniter und Moabiter. Vom einzigen wahren Schöpfergott, dem die Welt gehört, wussten sie nichts. Sie glaubten an

verschiedene Götter, wie die beiden Mütter es in Sodom gelernt hatten.

Wenn von Semiten die Rede ist oder von Antisemitismus, sind meist Juden gemeint. Sie sind nur ein
kleiner Stamm aus den zahlreichen Nachkommen
von Sem, einem Sohn Noahs. Abraham gehörte dazu
und gilt als Stammvater Israels. Sein früh verstorbe-
ner Bruder Haran hinterließ den Sohn Lot, der sich
seinem Onkel anschloss, als der von Gott berufen
wurde, Gottes auserwähltes Volk zu gründen. Später
trennten sich ihre Wege, als es. Lot nach Sodom zog.
Nach seiner Flucht suchte er keinen Kontakt mehr zu
seinem Onkel.

Dem Volk Israel war die Verwandtschaft mit Lot bekannt. In die Gesetze nahm man auf, dass Ammoniter und Moabiter niemals zur Gemeinschaft Israels
gehören dürften.

***

Elimelech war ein Israelit. Während einer Hungers-
not in Juda verließ er seine Heimat und ging mit seiner Familie über die Grenze nach Moab. Er wollte

nicht auswandern, aber dort war die Dürre nicht so heftig gewesen. Er fand Arbeit und konnte seine Familie ernähren. Die Zeit verging. Immer wieder gab es einen Grund, die Heimkehr noch etwas zu verschieben. Das war seiner Frau Naomi gar nicht recht. aber sie konnte sich gegen ihren Mann und die Söhne nicht durchsetzen.

Machlon und Kiljon waren zu jungen Männern herangewachsen, hatten sich hier eingelebt und im Alltagsleben angepasst. Sie erinnerten sich kaum noch an ihre Kindheit in der Heimat. Obwohl Juden Familienkontakte mit Fremden vermieden, hatten sich die beiden in Moabiterinnen verliebt.

Die Mädchen Ruth und Orpa waren nicht abgeneigt, die Werbung anzunehmen. Es waren zwar Söhne eines ausländischen Wirtschaftsflüchtlings und gehörten einem fremden Volk an mit anderem Glauben und teils seltsamen Ge- und Verboten, aber das störte die beiden nicht. Schwierigkeiten könnte es mit den Eltern geben. Eine Frau hatte sich aber immer in die Familie des Mannes einzufügen und sich anzupassen. Da dürfte die Religion doch keine große Rolle spielen. Alle vier sahen im Zusammenleben in der

Ehe kein Problem. Die beiden Mädchen waren überzeugt, ihre Väter überreden zu können. Die jungen Männer waren bei ihrem Vater nicht ganz so sicher, wollten aber alles daransetzen, seine Zustimmung zu erhalten.

Das war dann nicht mehr erforderlich, denn ganz plötzlich starb Vater Elimelech und die beiden Söhne konnten für sich selbst entscheiden. Den Wunsch der Mutter, nun endlich nach Israel zurückzukehren, lehnten sie ab. Sie würden heiraten. Naomi war auf ihre Hilfe angewiesen. In ihre große Trauer um ihren Mann mischten sich nun Schuldgefühle. Sie hätte früher verstärkt auf Heimkehr drängen müssen. Eine Vermischung mit Moabitern war verboten. Sie dienten fremden Göttern.

Es nutzte nichts, dass Naomi versuchte, einer Ehe zu widersprechen. Das hätte nur der Vater gekonnt. Die Eltern der Mädchen stimmten der Eheschließung zu, da die finanziellen Verhältnisse stimmten, und die jungen Männer versprachen, im Lande zu bleiben.. Für die Versorgung ihrer Mutter blieben sie natürlich verantwortlich.

Sie bildeten nun mit Naomi einen neuen Familienverband. Für die beiden Brüder fühlte sich das gut an. Für die drei Frauen war es nicht einfach. Naomi beharrte auf der Einhaltung der jüdischen Gebräuche, die den beiden Schwiegertöchtern völlig fremd waren. Außerdem ließ sie die beiden spüren, dass sie mit der Wahl ihrer Söhne nicht einverstanden war.

Ruth versuchte, sich in die alte Frau einzufühlen. Standen ihre Eltern dem fremden Schwiegersohn nicht auch ablehnend gegenüber? Der Unterschied war nur, dass sie nicht zusammenleben mussten. Auch die moabitischen Nachbarn verstanden nicht, dass die Eltern der Mädchen diesen Ehen zugestimmt hatten. Diese Fremden hielten sich nicht an die hiesigen Bräuche, sondern lebten in ihrer eigenen Religion. Das konnte nicht gutgehen.

Ruth bemühte sich, den fremden Gott und seine Gebote kennen zu lernen. Vieles erschien ihr gut und richtig. Sie war überzeugt, Naomi werde ihren Eifer anerkennen und sie als Schwiegertochter akzeptieren, auf jeden Fall dann, wenn sie ihr erstes Kind bekäme.

Dann geschah das Unglück. Die jungen Männer starben plötzlich wie ihr Vater kurz nacheinander, ohne dass eine der Frauen schwanger geworden war. Zurück blieben nun drei unversorgte Witwen. Welcher Gott hatte strafend eingegriffen? Naomi fühlte sich schuldig. Hatte damals tatsächlich die Notwendigkeit bestanden, die Heimat zu verlassen? War das nicht gegen Gottes Willen gewesen? Alle anderen hatten in der Heimat die Dürre überlebt. Wie sollte es hier nun weitergehen? Die vorhandenen Ersparnisse würden nicht lange reichen. Frauen hatten wenig Möglichkeiten, einer anständigen und einträglichen Arbeit nachzugehen. Für sie war die Versorgung durch Ehemänner und Söhne vorgesehen.

Noch während der Trauerzeit fasste Naomi einen Entschluss. Sie rief ihre Schwiegertöchter zu sich und sagte ihnen, sie werde in ihre Heimat zurückkehren. Sie habe sich gegen ihren Gott versündigt, weil sie nicht ernsthaft genug auf einer schnellen Rückkehr bestanden habe. Deshalb habe Gott eingegriffen. Es tue ihr leid, dass sie beide mitbetroffen seien, doch sie seien noch jung genug für einen Neuanfang. Sie könnten wieder heiraten. Sie hingegen sei eine einsame alte Frau und ärmer als je zuvor. „Ich bin für euch keine Hilfe mehr. Selbst wenn ich noch einen Mann finden und Söhne gebären könnte, würde es für euch zu lange dauern, bis sie erwachsen sind. Geht also heim zu euren Eltern. Ihr seid hier zu Hause."

Ruth wandte ein: „Du kannst nicht allein reisen. Es ist zu weit. Du brauchst unsere Hilfe." Naomi wehrte ab. Sie werde es mit Gott wagen. Er werde sie heimbringen. Alle drei brachen in Tränen aus. Ruth widersprach erneut. Doch Naomi blieb dabei. „Es ist Gottes Wille, dass ich diesen schweren Weg gehen muss. Lebt wohl, meine lieben Töchter."

Orpa nickte unter Tränen, umarmte ihre Schwiegermutter, holte ihre Sachen und ging. Ruth blieb. „Nein", sagte sie. „Der Weg ist zu beschwerlich. Wo du hingehst, dahin gehe ich auch."

Naomi schüttelte heftig den Kopf. „Mädchen, ich weiss, was Heimweh ist. Ich war lange genug eine Fremde in eurem Land mit fremder Kultur und Göttern, deren Anbetung mich entsetzt. Ich muss endlich heim zu Leuten, die fühlen und glauben wie ich.

Bleib hier wie deine Schwägerin. Du hast keinen Grund, freiwillig dasselbe auf dich zu nehmen wie ich es damals unfreiwillig mit meiner Familie musste. Deine Familie ist hier."

Ruth ließ sich nicht beirren. „Nein, Mutter, wo du bleibst, da bleibe ich auch. Was auch geschieht, nur der Tod kann uns trennen. Wo du stirbst, da will auch ich begraben sein. Als ich die Ehefrau deines Sohnes wurde, habe ich mich gegen die Kultur meines Volkes und seine Götter entschieden. Dein Volk ist mein Volk und dein Gott ist mein Gott." Sie duldete keinen weiteren Widerspruch und machte sich mit ihrer Schwiegermutter auf den Weg.

***

Es war eine beschwerliche Reise und Naomi war froh, sie nicht allein machen zu müssen. Doch das sagte sie nicht. Sie sprach unterwegs nicht mehr, als unbedingt nötig. Auch Ruth machte sich Sorgen. Wie sollte es weitergehen? Wovon sollten sie leben? Naomi hatte zwar von einem kleinen Haus mit Grundstück gesprochen, aber wie würden sie es vorfinden? Das Grundstück war mehr als zehn Jahre nicht bearbeitet worden und das Haus unbewohnt.

Als sie mit ihrem Eselkarren in Bethlehem ankamen, erregten sie natürlich Aufsehen. Zwei Frauen ohne männliche Begleitung, die offensichtlich eine lange Reise hinter sich hatten! Einige Frauen erkannten Naomi und sprachen sie verwundert an. Naomi reagierte nicht erfreut, sondern antwortete: „Nennt mich nicht mehr Naomi, sondern Mara. Ich bin nicht mehr die schöne junge Frau, die ihr kanntet. Viel Bitteres hat mir Gott zugemutet. Als glückliche Frau und Mutter habe ich die Heimat verlassen, doch alles wurde mir genommen."

Sie fanden das frühere Heim der Familie in besserem Zustand vor als befürchtet und nahmen es wieder in Besitz. Ruth machte sich sogleich daran, den Staub der Vergangenheit zu beseitigen und die Räume wohnlich zu gestalten. Für ihre Unterkunft war damit gesorgt, doch sie brauchten auch zu essen. Das bewucherte Grundstück nutzbar zu machen, würde sehr lange dauern, wenn sie beide es überhaupt schafften. Das ersparte Geld würde auf jeden Fall nicht solange reichen. Gab es vielleicht Arbeitsmöglichkeiten für alleinstehende Frauen?

Naomi saß teilnahmslos in der Wohnung und überließ es Ruth, sich um alles zu kümmern. Was hatte sie sich vorgestellt? Das Haus war dasselbe wie früher, doch es war tot wie die Familie. Naomi konnte nicht wieder die fröhliche junge Frau und Mutter werden. Sie wäre wohl doch besser in der Fremde geblieben. Hier konnte sie ebenso wenig wie dort für sich sorgen. Hier glaubten zwar alle an denselben Gott, doch Naomi hatte nicht den Mut, raus zu gehen, um Frauen zu treffen, die sie von früher kannten. Sie schämte sich, ihre hoffnungslose Lage anzusprechen und war zu stolz, Hilfe der Nachbarn anzunehmen. Ihr blieb nur noch, zu sterben, um in der Heimaterde begraben zu werden.

Ruth ging zum Einkaufen auf den Markt. Sie musste sorgsam abwägen, was sie sich leisten konnten. Freundlich beantwortete sie alle Fragen nach ihrer Herkunft und Naomis Ergehen. Die Gerstenernte hatte begonnen und Ruth erfuhr, arme Leute hätten das Recht, auf den Feldern Nachlese zu halten. Das Gesetz fordere, kein Feld sauber abzuernten. Ruth entschied sich, ihr Glück zu versuchen. Naomi erlaubte es ihr.

Ruth ging also früh am Morgen zu den Feldern. Sie beobachtete zunächst, was dort geschah. Hinter den Mähern gingen die Mägde, banden das Korn zu Garben und stellten es auf. Ruth wagte es, einen Aufseher zu fragen, ob sie hier Ähren auflesen dürfe. Sie erklärte, wer sie sei und er erlaubte es ihr. Schnell machte sie sich an die mühsame Arbeit.

Nach einiger Zeit erschien der Grundbesitzer auf dem Feld. Er erkundigte sich, wer das fremde Mädchen sei. Der Aufseher sagte es ihm und fügte hinzu: „Sie sammelt schon seit heute Morgen sehr eifrig und hat noch keine Pause gemacht."

Die Heimkehr Naomis mit ihrer moabitischen Schwiegertochter war Stadtgespräch. Boas sah die junge Frau interessiert an und sagte, sie könne auf allen seinen Feldern direkt hinter den Mägden Nachlese halten und dürfe auch von dem Wasser trinken, das in den Gefäßen für die Arbeitenden bereitstehe. Seinen Knechten befahl er, sie in keiner Weise zu belästigen.

Ruth war überwältigt. Er erklärte ihr, er habe schon viel Gutes über sie gehört. Sie habe ihre eigene Familie und ihr Land verlassen, um ihrer Schwiegermutter zu helfen. „Der Herr, der Gott Israels, zu dem du gekommen bist, möge dir dein Tun vergelten."

Ruth bedanke sich voller Freude. Zur Essenszeit rief Boas sie, damit sie mit ihm und seinen Leuten die Mahlzeit teile. Sie erhielt so reichlich, dass sie etwas davon für Naomi mitnehmen konnte. Da sie zwischen den Garben sammeln durfte, hatte sie abends etwa 30 kg Gerste, nachdem sie die gesammelten Ähren ausgeschlagen hatte.

Naomi staunte, als Ruth von diesem erfolgreichen Tag berichtete, ihr den Sack mit Gerste zeigte und ihr das mitgebrachte Essen reichte. Als sie den Namen Boas erwähnte, war Naomi plötzlich wie verwandelt und rief aus: „Gesegnet sei er dem Herrn, der seine Gunst den Lebenden und den Toten nicht entzogen hat. Boas könnte unser Löser sein!" Dann erklärte sie der erstaunten Ruth, dass es ein Verwandter Elimelechs sei. Als solcher könne er das Erbe von Ruths verstorbenem Mann

Machlon übernehmen. Wenn er mit ihr einen Sohn zeuge, gelte dieser als Machlons Erbe und die Familie sterbe nicht aus. Naomi war von dieser Idee begeistert.

Ruth war skeptisch. An eine Wiederheirat hatte sie bisher nicht gedacht. Boas gefiel ihr zwar, doch sie äußerte ihre Bedenken. Als Erbteil ihres verstorbenen Mannes wollte sie ihm nicht gehören. Sie sah darin keine Zukunft. Wie, wenn es zuerst eine Tochter wäre oder sie überhaupt nur Töchter bekommen würde? Sie würde die Kinder aufziehen müssen, aber von welchen Einnahmen? Selbst wenn Boas während der Kindheit eines Erben das Grundstück bearbeitete, würden die Ernteerlöse sicher nicht für sie alle reichen. Ruth verstand ihre Schwiegermutter nicht.

Naomi schüttelte den Kopf. „Natürlich bist du, wenn er zustimmt, mit Boas verheiratet. Du kannst Kinder haben so viel Gott dir schenkt. Der erste Sohn wird Machlons Erbe sein. Ihm gehört dieses Haus mit dem Grundstück. Unsere Versorgung ist auf jeden Fall gesichert. Ich werde darüber nachdenken, wie wir uns am besten verhalten."

Ruth war neugierig, wie sich die Sache weiter entwickeln würde. Naomi hatte ihren Lebenssinn gefunden. Das war nach ihrem bisherigen Verhalten schon ein Vorteil. Sie ging wieder aus und interessierte sich für den Ablauf der Ernte. Am Ende würde die Gerste auf der Tenne geworfelt und der Gutsherr schlief nach dem Abschlussessen zwischen den Getreidehaufen als Schutz gegen Diebe. Naomi stellte sich den Ablauf des Abends genau vor und hatte bald einen Plan. Sie fieberte der Erfüllung entgegen.

An dem entscheidenden Tag traf sie ihre Anordnung. „Wasch dich, meine Tochter, salbe dich und zieh dein bestes Kleid an. Dann geh heute Abend zur Tenne. Lass dich von niemand sehen, aber beobachte alles genau. Lass vor allem Boas nicht aus den Augen. Wenn das Essen und Trinken vorbei ist, achte darauf, wo er sich zur Ruhe legt. Wenn er eingeschlafen ist, gehe leise hin, schlage zu seinen Füßen die Decke zurück und lege dich hin. Alles Weitere wird sich ergeben. Wenn er fragt, sag ihm, dass er unser Löser ist."

Ruth war die Sache nicht ganz geheuer. Aber sie hatte Boas als anständigen Mann kennengelernt und hatte wohl nichts Schlimmes zu befürchten. Sie willigte also in den Plan ein. Es gelang ihr, unbemerkt ihren Platz einzunehmen. Als Boas in der Nacht erwachte, fragte er erschrocken: „Wer bist du?"

Ruth antwortete: „Ich bin Ruth, deine Magd. Breite den Saum deines Gewandes über mich, denn du bist unser Löser." Boas wusste von der Verwandtschaft zu Elimelech. Diese Ausländerin schien an ihm, dem älteren Mann, Gefallen gefunden zu haben, was ihn freute. Er antwortete: „Gesegnet bist du vom Herrn, dass du so deine Zuneigung zeigst. Du bist nicht den jungen Männern nachgelaufen. Jeder in dieser Stadt weiss inzwischen, wie tüchtig du bist. Bleib liegen. Ich wäre gern euer Löser, aber es gibt jemanden, der näher mit deinem verstorbenen Mann verwandt ist. Ich muss es mit ihm klären."

Vor dem Morgengrauen stand Ruth auf, denn es sollte niemand erfahren, dass sie hier war. Boas füllte ihr Umschlagtuch mit sechs Maß Gerste und schickte sie zurück zu ihrer Schwiegermutter. Die war schon ganz gespannt auf Ruths Bericht, doch nun hieß es abwarten. Naomi war überzeugt, Boas werde nicht ruhen, bis er die Sache geklärt hätte. Sie würde hoffentlich wunschgemäß ausgehen.

Rechtsverbindliche Geschäfte wurden öffentlich in Gegenwart von zehn Ältesten, die jederzeit für diese Amtsgeschäfte zur Verfügung standen, am Stadttor verhandelt und abgeschlossen. Für diesen Zweck standen dort Bänke bereit. Boas ging früh am Morgen dort hin und setzte sich. Er beobachtete die Vorübergehenden und hatte richtig vermutet. Der Mann, den er suchte, kam auf dem Weg zu seiner täglichen Arbeit hier vorbei. Boas sprach ihn an und bat ihn, sich zu ihm zu setzen. Dann rief er zehn Älteste hinzu. Inzwischen waren auch viele Neugierige stehen geblieben. Sie konnten im Bedarfsfall Zeugen sein.

Boas trug sein Anliegen vor. Das Grundstück Elimelechs stehe zum Verkauf. Er selbst sei Nacherbe und müsse deshalb wissen, ob der anwesende näher Verwandte Erstberechtigte es lösen wolle. Der andere Mann erklärte sich sofort bereit, das Grundstück zu übernehmen. Darauf ergänzte Boas seine Ausführungen: „Wenn du den Acker erwirbst, gehört dir auch die Moabiterin Ruth. Sie ist die Witwe von Elimelechs Sohn Machlon. Als Löser hast du die Pflicht, dessen Namen wieder aufleben zu lassen." Da trat der Mann von seiner Zusage zurück.

Als Beweis, dass man ein Angebot wirksam ausschlug, zog man damals einen Schuh aus und übergab ihn dem anderen. Das tat der Löser und sagte: „Erwirb du es. Ich kann es nicht."
Jetzt war Boas frei, sich zu entscheiden. Er gab seine Erklärung ab.

Er werde in Elimelechs Rechte eintreten und für dessen Witwe Naomi lebenslang sorgen. Machlons Witwe Ruth werde er zur Ehefrau nehmen und den erstgeborenen Sohn als Machlons Erben anerkennen. Diesem werde dann der Nachlass seiner Vorfahren gehören.
Die Ältesten bestätigten dies als gültigen Beschluss.

Das anwesende Publikum rief: „Wir sind alle Zeugen. Der Herr mache die Frau, die in dein Haus kommt, wie Rahel und Lea, die Mütter unseres Volkes. Komme zu Reichtum und Ansehen wie Perez, den Tamar dem Juda geboren hat."

Boas war ein Nachkomme der Hure Rahab aus Jericho, deren Volk von Israel einst besiegt worden war. Als Mann der Moabiterin Ruth zeugte er einen Sohn, der den Namen Obed erhielt. Naomi fühlte sich als Großmutter und war glücklich. Sie legte das Kind in ihren Schoß und wurde seine Wärterin. Die Nachbarinnen freuten sich mit ihr und jubelten: „Gepriesen sei der Herr, dass er es nicht an einem Löser fehlen ließ. Du hast nun jemanden, der dich im Alter versorgt. Deine Schwiegertochter, die dich liebt, hat ihn geboren. Sie ist mehr wert als sieben Söhne."

Gott hatte von Anfang an in dieser Familie Regie geführt. Alles diente der Ausführung seines Heilsplans für die ganze Welt. Ruth und Boas wurden die Urgroßeltern des Königs David und damit Vorfahren des Gottessohnes.

Gott hatte es nicht nur Eva, sondern auch Abraham versprochen, alle Völker würden durch seinen Samen gesegnet werden. Evas Nachkomme, der der

Schlange den Kopf zertreten sollte, musste als Jude geboren werden und in diesem Glauben aufwachsen, aber von verschiedenen Völkern abstammen. Gott kann sein gegebenes Wort niemals zurücknehmen. Er ist treu und wahrhaftig.

> Wir nennen es heute das „Heilige Land",
> in dem Jesus Tod und Teufel überwand.
> Er wurde verleumdet und gehasst
> und trug ans Kreuz unsere Sündenlast.
> Gottes Liebe überbrückt den Sund.
> Jeder kann nun hinüber und
> ich und du, durch Liebe verbunden,
> haben mit ihm Gut und Böse überwunden.

GEH WEITER

Sieh nicht zurück. Bleib nicht stehn.
Du musst mutig weiter gehn.
Richte vorwärts deinen Blick.
Was einmal war, kommt nicht zurück.

Im Moment ist Gegenwart.
Sie kann weich sein oder hart.
Mache immer das Beste draus.
Aus dem Jetzt kommt niemand raus.

Verborgen ist, was noch geschieht.
Denk nicht an das alte Lied.
Ob es schlecht war oder gut,
lass es versinken in der Flut.

Geh nur weiter, stets voran.
Lass Jesus ebnen deine Bahn.
Vertrau auf ihn, er ist der Weg,
ganz bestimmt kein morscher Steg.

ANFANG GUT, ENDE BÖSE?

Es kommt vor, dass ein behütetes Kind aus „gutem Hause" auf die schiefe Bahn gerät und der gute Anfang nimmt ein böses Ende. Genauso verläuft die Menschheitsgeschichte.

Der Anfang war sehr gut, wie Gott selbst feststellte. Er schuf Himmel und Erde, brachte Licht in die Finsternis, erfüllte die tote Materie mit Leben, gab dem Kosmos seine Bestimmung und setzte die Zeit als Gegenpol zur Ewigkeit.

Für sich selbst schuf Gott einen irdischen Partner und verlieh ihm durch seinen Geist eine besondere Würde. Er teilte das Wesen in männlich und weiblich. Mann und Frau sind einander völlig gleichwertig und sollen sich mit ihren Fähigkeiten ergänzen und fortpflanzen. Sie haben volle Entscheidungsfreiheit auf der Erde.

Das irdische Leben ist zeitgebunden und endet mit dem Tod. Die Menschen haben das gute Elternhaus verlassen, um ohne Gott die Freiheit zu genießen. Freiheit ist nicht grenzenlos. Eine Brücke über einen gefährlichen Abgrund braucht ein Geländer, damit niemand abstürzt. Trotzdem ist das Leben nicht schwarz-weiß, sondern unabhängig von Gut und Böse bunt.

Der Mann war nicht überzeugt von der Gleichwertigkeit der Frau. Er ergänzte die Gesetze nach eigenem Gutdünken. Die Stärke des Mannes liege nicht nur in seiner Körperkraft, sondern in der Zeugungsfähigkeit. Ein werdendes Kind blockiert die Frau mindestens neun Monate lang. Während dieser Zeit könnte der Mann unzählige weitere Frauen schwängern. Das zeige eindeutig, dass der Wert eines Mannes sehr viel höher anzusetzen sei. Diese von Gott gewollte Überlebenshilfe für spezielle Notzeiten hat aber nichts mit dem Wert eines Menschen zu tun.

Wie sich die Ungleichheit aller menschlichen Beziehungen weiter entwickelte ist zur Genüge bekannt. Es geht nicht nur um Männer und Frauen, sondern Andersartigkeit überhaupt. Der Diskriminierung sind keine Grenzen gesetzt. Der Mensch hat sich gegen Gott entschieden. Jeder weiss aber im tiefsten

Innern, dass es ihn gibt, und macht sich sein eigenes Bild. Jedes Volk hatte bald viele verschiedene Götter. denen geopfert werden musste. Nachdem dies längst aus der Mode gekommen ist, haben Aberglaube jeglicher Abart und Manipulationen im Laufe der Zeit immer stärker zugenommen.

Zuerst versuchte Gott, mit einzelnen Menschen zu sprechen, sich ein eigenes Volk zu erwählen, mit ihnen einen Bund zu schließen. Das Versprechen der Menschen wurde mit dem Opferblut von Tieren besiegelt, doch es hielt nicht. Priester ergänzten das Gesetz und verlangten absoluten Gehorsam, was die Menschen überfordert. Sie sind zu leicht verführbar und gleichzeitig auf die eigenen Fähigkeiten fixiert. Sie wären gern selbst Gott. können es aber nicht werden.

Gott hingegen kann sich erniedrigen und zu den Menschen herabsteigen. Da er eine persönliche Beziehung mit seinen Kindern anstrebt, bot er ihnen einen neuen Bund an, besiegelt mit dem Blut seines Sohnes Jesus Christus. Es ist der Bund der Gnade, gewachsen aus der Verheißung, die es lange vor dem Gesetz gab. Nicht des Gesetzes Werke führen zurück zu Gott, sondern seine Liebe, die er in seiner Menschwerdung offenbarte. Jesus erfüllte das Gesetz Gottes für uns. Das Leben muss nicht mehr in der Finsternis enden.

Kinder der Verheißung sind alle, die Jesus Christus als Gottes Sohn und ihren Retter erkennen und anbeten. Sie haben Bürgerrecht im himmlischen Jerusalem. Wenn alles in der Finsternis versinkt, leben sie weiter im göttlichen Licht. **Wie am Anfang wird es dann auch am Ende heißen: Es ist alles sehr gut.**

ANFANG UND ENDE IM GARTEN

Es begann in einem Garten.
Der Mensch sah ihn als Paradies.
Was konnte Besseres er erwarten,
als er aus Neugier es verließ?

Vor ihm lag die ganze Erde,
ein unermessliches Revier,
das er mit Fleiß bebauen werde
und vernünftig es regier'.

Doch es hat nicht lang gedauert,
da packte ihn der Übermut.
Überall Versuchung lauert.
Was er dann tat, war gar nicht gut.

Er konnte nur sich selbst noch sehen
und vergaß total das Du.
Es musste irgendwas geschehen.
Schlug die Obrigkeit nun zu?

Ein Todeskampf fand statt im Garten.
Im Garten gab es auch ein Grab.
Wie lange muss dein Du noch warten?
Er war es doch, der für dich starb.

Es wird noch einige Zeit vergehen,
doch kurz ist deine Lebenszeit
Die Erde wird sich weiterdrehen,
prall gefüllt mit Angst und Leid.

Plötzlich ist es dann zu Ende.
Das Ziel ist dort, wo es begann.
Wer Jesus liebt, fasst seine Hände
und kommt in Gottes Garten an.

BEWAHRUNG

Eine wahre Begebenheit

In letzter Zeit steht mir immer wieder klar und deutlich ein Bild vor Augen von einem Ereignis, das vor etwa zwanzig Jahren geschah. Ich denke, es ist Zeit, es aufzuschreiben. Vielleicht hat es eine Bedeutung für das Leben meiner jüngsten Enkelin. Die inzwischen erwachsene Frau erlebte damals ein Wunder. Ich hoffe, Gottes Schutzengel steht ihr auch weiterhin zur Seite, wenn sie vom Bösen bedroht wird.

Es war ein schöner Sommertag. Ich unterhielt mich im Garten mit einer Besucherin, kann mich aber nicht mehr erinnern, wer es war und worüber wir sprachen. Sie wandte dem Haus den Rücken zu, mein Blick ging in Richtung Balkonterrasse. Von dort führt eine Treppe in den Garten hinunter. Von oben hörte ich das fröhliche Stimmchen meiner kleinen Enkelin, die noch nicht lange laufen konnte.

Plötzlich flog etwas in hohem Bogen durch die Luft, als habe jemand schwungvoll etwas weggeworfen.

Es schien eine Puppe zu sein. Im selben Moment sah ich meine kleine Enkelin. Sie wurde von unsichtbaren Händen ganz sanft unten auf dem Gartenweg abgelegt. Das Kind begann zu schreien, Die Eltern eilten die Treppe herab. Das Kind sei zur Treppe gelaufen und hinuntergefallen, riefen sie, hoben die Kleine auf, rannten mit ihr zum Auto und fuhren zum Krankenhaus.

Ein Sturz auf und von der Treppe kann nicht ohne Folgen bleiben. Doch die Familie war bald zurück. Dem Kind war nichts passiert. Wie der Tag weiterging, habe ich vergessen. In Erinnerung blieb mir nur meine Beobachtung. Ein Sturz passte nicht dazu. Die Kleine hatte die Treppe gar nicht betreten. Sie war direkt vom Balkon durch die Luft geschleudert und unten aufgefangen worden.

Dafür gibt es nur eine Erklärung. Eine außerirdische Macht ergriff das Kind und warf es hinunter. Der Aufprall hätte es unweigerlich getötet. Doch da stand ebenso unsichtbar Gottes Engel, fing es auf und legte es ganz behutsam ab. Natürlich schrie das Kind vor Schreck.

Meine Enkelin kann sich selbstverständlich nicht mehr daran erinnern. Ich habe es ihr im Lauf der Jahre mehrmals erzählt und hoffe, dass sie es verstanden hat.

SCHUTZENGEL

Gott schuf Himmel und Erde,
als er sprach: Es werde.
Beides blieb nicht lange leer.
Im Himmel dient ihm das Engelsheer.

Für jeden, der sich in der Welt
nicht bewusst gegen Gott gestellt,
setzt er seine Engel ein.
Sie sollen Boten und Helfer sein.

Schutzengel werden von Gott ausgesandt,
überall hin über Wasser und Land.
Nicht nur das Baby, auch wer krank und alt,
muss sich nicht fürchten vor böser Gewalt.

Was es auch sei, du bist nicht allein.
Ein Schutzengel wird dann bei dir sein.
Er steht dir bei gegen jeden Feind,
der es nicht gut mit dir meint.

Ich erlebe täglich, er ist bei mir,
solange ich den Glauben nicht verlier.
Ich vertraue Gott, meinem Vater und Herrn.
Er ist mir nah, obwohl gleichzeitig fern.

Bisher erschienen im BoD-Verlag von Brigitte Welters

2024 <u>Menschensohn – oder Gott?</u> (ISBN: 978-3-7597-4875-1)

Was ist der Mensch, wer ist Gott – und der Menschensohn? Das Wort bekam durch eine Vision des Propheten Daniel eine mythische Bedeutung. Im Neuen Testament übernahm Jesus diesen Titel. Die Offenbarung des Johannes bezeichnet den Weltenrichter so. Ist Menschensohn also ein anderes Wort für Gott?

2023 <u>Wenn der Hahn … - Alltagslyrik im Höhenflug</u> (ISBN: 978-3-7583-1398-1)

Die Autorin schrieb ihre Gedanken nicht nur in Prosa auf, auch unzählige Gedichte entstanden im Laufe der Zeit. Einige wurden in die Bücher eingestreut. Nun werden hier weitere in buntem Durcheinander der Öffentlichkeit zugänglich gemacht.

2023 <u>Suche nach den Wurzeln</u> (ISBN: 978-3-7578-4509-4)

Ron wird von der Jugendsünde mit seiner ersten Liebe eingeholt und eine Großfamilie findet zusammen. Die Wurzel des Lebens ist Erkenntnis. Alle Menschen sind verschieden mit unterschiedlichen Fähigkeiten, aber alle sind gleichwertig.

2023 <u>NA DAL JA - In der Ferne bin ich</u> (ISBN: 978-3-7578-0326-1)

Ein Traum erinnerte die Autorin an eigene Erfahrungen mit Ferne, Fremde und Heimweh.

Viele Menschen sind auch unterwegs, weil das Fernweh ruft. Der Urlaub wird weit weg in fremden Ländern verbracht. Daran dachte Brigitte Welters ebenfalls und schrieb über ihre Reiseerlebnisse in Florida, Leningrad, Namibia ...

2022 <u>Mütter vieler Völker - Ohne Frauen geht nichts</u> (ISBN: 978-3-7568-3225-5)

Hier geht es um die Entstehung der Völker und Gottes Liebe. Grundlage der Schöpfung ist die Mathematik. Der Mensch als Teil der Natur ist Gott ähnlich durch Sprache, Verstand und Freiheit. Die Herrschaft des Mannes ohne Beteiligung von Frauen ist nicht von Gott gewollt. Ohne Frauen geht nichts.

2022 <u>Maria und das Einhorn - Begegnung im Jenseits - ein religiöses Märchen aus christlicher Sicht</u> (ISBN: 978-3-7543-7387-3)

Maria war ein jüdisches Mädchen, das vor mehr als 2000 Jahren lebte. Sie wurde von Gott auserwählt, seinen Sohn zu gebären, in dem er selbst Mensch wurde. Das Einhorn ist ein Geistwesen und galt in der mittelalterlichen Kirche als Symbol der Keuschheit. Es begegnet Maria im Himmel.